ÉTUDE HISTORIQUE ET BIOGRAPHIQUE

SUR

THÉROIGNE DE MÉRICOURT

PAR

MARCELLIN PELLET

Avec deux portraits et un fac-similé d'autographe

PARIS
MAISON QUANTIN
COMPAGNIE GÉNÉRALE D'IMPRESSION ET D'ÉDITION
7, RUE SAINT-BENOIT, 7
1886

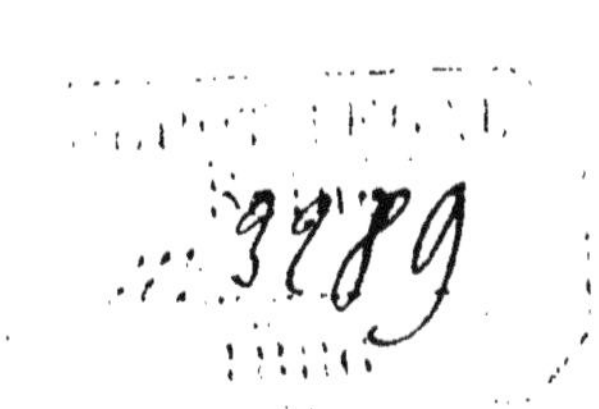

THÉROIGNE DE MÉRICOURT

ÉTUDE HISTORIQUE ET BIOGRAPHIQUE

SUR

THÉROIGNE DE MÉRICOURT

PAR

MARCELLIN PELLET

Avec deux portraits et un fac-similé d'autographe

PARIS

MAISON QUANTIN

COMPAGNIE GÉNÉRALE D'IMPRESSION ET D'ÉDITION

7, RUE SAINT-BENOIT, 7

THÉROIGNE DE MÉRICOURT

I

La famille de Théroigne; Marcourt. — Fuite de la maison paternelle. — Voyage de Théroigne en Angleterre. — Son séjour à Paris. — Voyage en Italie.

(1762-1789.)

Il y a une vingtaine d'années, un écrivain belge, le curé du village d'Orch, disait, en commençant la publication d'une étude sur la belle Liégeoise dans le *Journal historique et littéraire* : « Les notices sur Théroigne de Méricourt sont tellement nombreuses, qu'on s'expose à ne pas être lu si l'on veut encore en présenter une nouvelle. » En dépit de cette affirmation, nous allons marcher encore, après tant d'autres, sur les traces du curé d'Orch. Un heureux concours de circonstances nous a permis de trouver quelques documents inédits, et nous avons soigneusement réuni, pour les contrôler en les rapprochant les uns des autres, les témoignages éparpillés dans les journaux du temps et ceux qu'ont mis au jour les publications partielles faites depuis quatre-vingt-dix ans, soit en France, soit en Belgique, sur cette intéressante et originale femme de la Révolution, de qui un historien, M. Lairtullier, disait, en style romantique : « Nulle existence ne fut plus multiforme, plus chatoyante, plus caméléonne que la sienne [1]. » Notre seule ambition est d'avoir élucidé quelques points obscurs en remontant aux sources des légendes réactionnaires.

C'est en Belgique surtout que le souvenir de Théroigne s'est conservé, et depuis vingt-cinq ans les érudits belges lui ont consacré dans les chroniques locales de nombreux articles [2]. Thé-

1. *Les Femmes célèbres de* 1789 à 1795 ; 1840, tome Ier, p. 55.

2. Il nous faut adresser, en commençant, des remerciements à M. le chevalier Léon de Thier, directeur du

roigne est à la mode, et cette faveur qui s'attache à elle explique la note suivante, parue dans *la Meuse* du 7 octobre 1882 : « Un de nos confrères s'est plu à annoncer que le conseil communal de Marcour, petit village du canton de La Roche et lieu de naissance de Théroigne, avait décidé de lui élever une statue. Cette facétie a été prise au sérieux par plusieurs feuilles catholiques, qui se sont donné beaucoup de mal pour prouver que la « belle Liégeoise » était indigne d'un pareil honneur. » Il était même réservé à l'héroïne luxembourgeoise de tenter la verve d'un singulier historiographe, M. Henri Boland. Ce personnage, dont le nom a été mêlé depuis à une polémique scandaleuse fort retentissante, dirigeait, en 1877, le *Réveil de Spa*. Il annonçait, dans des prospectus très engageants, la publication de livres dont aucun, croyons-nous, n'a vu le jour. Voici l'un de ces prospectus[1], qui est consacré à un livre intitulé *Théroigne de Marcour, sa vie et son rôle dans la*

journal *la Meuse*, de Liège, qui, avec une obligeance extrême, a facilité nos recherches en nous mettant en rapport avec ceux de ses compatriotes qui pouvaient nous servir de guides.

1. Communiqué par M. Albin Body, le savant archiviste de la ville de Spa.

Révolution française, un volume in-12 de 200 pages, *sous presse.* « Tous les historiens, dit le sieur Boland, ont déplorablement erré sur ce sujet. Des écrivains trop orthodoxes ont fait de Théroigne une prostituée ; d'autres l'ont représentée comme une héroïne et une martyre. La plupart des historiographes français, Thiers, Lamartine, etc., la font naître à Mirecourt en Lorraine, d'où le nom de Théroigne de Mirecourt sous lequel elle est généralement connue. Or, elle est née en Belgique, à Marcourt, près de La Roche. Il était temps qu'un historien impartial réfutât tant d'erreurs et assît des données véridiques sur des preuves irréfutables. C'est ce qu'a entrepris M. Henri Boland, qui s'est rendu sur les lieux et a pris communication de documents pour la plupart inédits. »

Il est douteux que cet érudit d'un nouveau genre ait trouvé un seul document inédit sur un champ si rebattu. En tout cas, on peut lui apprendre que jamais auteur français n'a fait naître « la belle Liégeoise » dans le département des Vosges ni ne lui a donné le nom de Mirecourt. Le nom de Théroigne, d'ailleurs, ne figure même pas dans l'Index alphabétique des noms propres de l'*Histoire de la Révolution,* de Thiers. Quant à Lamartine, dans l'*Histoire des Girondins,* il indique le lieu exact de sa naissance.

Depuis longtemps déjà, en effet, on a trouvé dans les archives du greffe, à Marche, les registres de la paroisse de Marcour, ou Marcourt, petit village de l'Ourthe. Voici l'acte de baptême de la célèbre aventurière :

« Anna-Josepha, filia legitima Petri Theroigne et Elisabethæ Lahaye, nata fuit decima tertia augusti 1762, quam susceperunt Josephus Lahaye, avunculus, ex Marcour, et Francisca Lahaye, amita, ex Magoster. »

Pierre Terwagne, le père d'Anne-Josèphe, était né le 4 octobre 1731 à Xhoris, village du canton de Ferrières, près de Liège. Le nom de Terwagne est très commun dans le pays. M. Warlomont, en sa notice sur Théroigne de Méricourt [1], cite de nombreuses variantes : Terevaine, Terwigne, Terwaigne, Terwoine, Teroine, Térouène. Les *Actes des Apôtres,* dans le numéro 169, font même des-

1. *Annales de la Société pour la conservation des monuments historiques de la province de Luxembourg ;* 1852.

cendre plaisamment leur ennemie d'un comte de Therouanne, contre qui Robespierre avait plaidé et rédigé un mémoire en 1788. Pierre Terwagne vint, à Marcourt, épouser, le 4 octobre 1761, Élisabeth Lahaye : leur premier enfant fut Anne-Josèphe, née, comme nous l'avons vu, en 1762. Deux fils suivirent bientôt. Mais Élisabeth Lahaye étant morte le 22 décembre 1767, Terwagne épousa, au bout de quelques années (20 mai 1773), Thérèse Ponsard, d'Erpigney, près Erézée.

La famille paraît avoir joui de quelque aisance, et Anne-Josèphe, aussi intelligente que jolie, reçut une assez bonne éducation, probablement dans un couvent de Liège. Certains biographes ont voulu tirer argument des fautes d'orthographe dont fourmillent ses lettres pour prétendre qu'elle était absolument illettrée. Or, ces billets sont justement d'une époque où la belle Liégeoise fréquentait la société la plus distinguée et se tenait le mieux au courant du mouvement intellectuel de l'Europe. On n'ignore pas, du reste, qu'au siècle dernier les jolies femmes se piquaient peu de savoir l'orthographe.

Anne-Josèphe avait onze ans quand elle perdit sa mère. Elle devait perdre son père à quatorze ans. Sa marâtre, même du vivant de ce dernier, lui rendit fort dur le séjour au foyer paternel. Elle le quitta bientôt. Dans quelles conditions? Le mystère n'a pu être éclairci. Le *Précis historique sur la vie de Mlle Théroigne de Méricourt*[1] dit, entre autres renseignements controuvés, — car le *Précis* est une pure fable d'un bout à l'autre, une spéculation de librairie[2], — que Mme de Méricourt (la marâtre) vendit sa fille, à douze ans, à un vieux baron allemand. D'autres, sur la foi de souvenirs locaux, comme M. Th. Fuss, conseiller à la cour de cassation de Bruxelles[3], ont dit que Anne-Josèphe fut placée en service dans un village du Condroz, où un Anglais l'enleva. Dans une lettre adressée au *Figaro*, le 31 octobre 1881, une dame Clémence Terwagne, de Liège, déclare que sa tante Théroigne de Méricourt voyagea comme demoiselle de compagnie avec quelques familles anglaises et autrichiennes. Mais quand bien même cette lettre ne serait pas une simple mystification, comme elle contient ce

1. Paris, 1790; in-8° de 16 pages.

2. De même qu'un inconvenant « *Catéchisme libertin... par Mlle Théroigne* », publié pour la première fois en 1791, et réimprimé en 1792, 1798 et 1799.

3. *Théroigne de Méricourt*, étude extraite du *Bulletin de la Société scientifique et littéraire du Limbourg* (septembre 1854).

paragraphe étonnant : « Ma tante a peut-être été exaltée ; elle passa, sous l'Empire, quelque temps chez mes parents à Marcourt, et elle y fut pour tout le monde une femme instruite et de bonne compagnie », on est en droit de supposer que la signataire, si elle existe, a hérité plus que du nom de Théroigne et n'a pas le cerveau très sain.

Quelques historiens, amis du pittoresque, adoptant l'hypothèse de l'aventure amoureuse, ont dépeint complaisamment le burg des bords du Rhin, d'où un prince Charmant venait chaque nuit jouer de la guitare sous la fenêtre de sa belle. Or, du Rhin à Marcourt, il y a vingt-cinq bonnes lieues. Certains, comme le baron de Lamothe-Langon (1837), ont écrit sur ce sujet de simples romans pour cabinets de lecture[1]. Un contemporain, Restif de la Bretonne, dit de notre héroïne : « Cette femme, assez jolie, avait été donnée à un ci-devant qui la jugea digne d'être

1. L'ouvrage de Lamothe-Langon comprend deux volumes in-8° édités à Paris chez Alardin, sous ce titre : « *Théroigne de Méricourt la jolie Liégeoise,* correspondance publiée par le vicomte de V. Y. » L'ouvrage, sous forme de lettres adressées de la Salpétrière par Théroigne à sa compagne Rose Lacombe, n'a jamais été terminé. Le tome II s'arrête à la fin de 1789.

trompée par un faux mariage. Elle en eut une petite terre qui lui produisit un petit revenu dans les Ardennes[1]. » Mais Restif n'est pas un oracle. Il n'y a, du reste, aucune prétention, puisqu'il ajoute : « Nous sentons qu'il y a bien des inexactitudes dans ce que nous venons d'indiquer, mais qu'importe au monde qu'une intrigante soit fille d'un aubergiste, d'un boucher ou d'un bourreau ? » Toujours est-il qu'un éclat provoqué, sans doute par la seconde femme de Pierre Terwagne, obligea, après un scandale de village, la jeune fille séduite à quitter le pays et à se réfugier en Angleterre, d'où elle vint à Paris.

Sur les premières années de la vie mondaine de la jeune Théroigne de Marcourt ou de Méricourt, qui prit ce nom moins rude que celui d'Anne-Josèphe ou Lambertine Terwagne comme nom de guerre, on ne sait rien ou peu de chose. Georges Duval, dans ses *Souvenirs de la Terreur*, dit que Théroigne fut entretenue par Anacharsis Clootz avant la Révolution. Le baron du Val de Grâce serait le fameux baron allemand, le séducteur légendaire! Inutile de discuter cette fable. Plusieurs biographes ont confondu le premier

1. *Année des Dames nationales*, p. 3807.

voyage de la petite Wallonne à Londres avec les excursions qu'elle fit plus tard outre-Manche. Ce n'est évidemment pas au sortir du toit paternel que Théroigne, paysanne peu décrassée, fut mise en rapport avec le prince de Galles (depuis Georges IV), qui la présenta, dit-on, au duc d'Orléans, par qui elle serait entrée en relation avec le *high-life* parisien.

MM. de Goncourt, dans leurs *Portraits intimes du dix-huitième siècle,* ont eu la bonne fortune de préciser un point des plus intéressants de la vie de Théroigne. La jeune étrangère menait à Paris la haute vie, mais sans s'afficher le moins du monde. Elle sut trouver des protecteurs discrets qui lui donnèrent, avec toutes les commodités de la vie, le loisir de refaire son éducation première, de cultiver les lettres et les arts. Un de ces protecteurs, celui justement qu'ont découvert MM. de Goncourt, grâce à une communication faite par un collectionneur d'autographes, M. Lefebvre, porte un nom bien connu dans l'histoire littéraire du siècle dernier ; c'est Doublet de Persan, maître des requêtes au Parlement, dont la famille s'allia aux Riquetti de Mirabeau, fils de cette Mme Doublet de Persan dans le salon de laquelle prirent naissance les fameux *Mémoires secrets* dits de

Bachaumont. Le 21 avril 1786, par acte notarié, Anne-Nicolas Doublet, chevalier, marquis de Persan, comte de Dun et de Pateau, reconnaissait à demoiselle Anne-Josèphe Théroigne, mineure, demeurant rue de Bourbon-Villeneuve, cinq mille livres de rente annuelle et viagère, exemptes de toute imposition, payables par semestre; constitution faite sur le pied de cinquante mille livres que Doublet de Persan reconnaissait avoir reçues de la demoiselle Théroigne, sous réserve pour lui de se libérer en rendant la somme. Cette rente fut le plus clair de la fortune de Théroigne, même aux époques de son plus grand luxe en diamants et en chevaux. Nous verrons tout à l'heure sa correspondance à propos de la rente Doublet avec le banquier Perregaux, le patron, puis l'associé de Jacques Laffitte, le héros de l'anecdote bien connue de l'épingle [1].

La maîtresse du marquis de Persan avait des amis en Angleterre, et le séjour de Londres, premier théâtre de ses exploits, lui était toujours cher. En 1787, s'il faut en croire Pierre Villiers,

1. Le banquier suisse Perregaux, l'ami de Sophie Arnould, fut obligé de fuir sous la Terreur. Il mourut sénateur sous l'Empire, après avoir marié sa fille au maréchal Marmont, duc de Raguse.

l'auteur des *Souvenirs d'un déporté,* elle y passait la saison sous le nom de comtesse de Campinados, nom emprunté à son pays, la Campine belge. Elle y rencontra le célèbre chanteur italien Tenducci, qu'elle avait dû certainement connaître auparavant à Paris, puisque Tenducci s'y était fait remarquer au concert spirituel. Or, on lit dans les manuscrits conservés à la bibliothèque de Clermont-Ferrand, sous le titre de *Journal de voyages et de faits relatifs à la Révolution,* par le comte Thomas d'Espinchal, le passage suivant : « Les personnes qui, comme moi, fréquentaient beaucoup les spectacles et les endroits publics avant 1789 peuvent se rappeler que, peu d'années avant, il parut fréquemment à l'Opéra, et particulièrement au concert spirituel, et, seule dans une grande loge, une inconnue se faisant appeler Mme Campinados, couverte de diamants, ayant équipages, venant du pays étranger, ayant bien l'air d'une fille entretenue, mais laissant ignorer la source de ses dépenses. C'est la même personne qui, depuis la Révolution, a reparu sous le nom de la demoiselle Théroigne de Méricourt. » Tenducci, qui venait d'avoir un procès scandaleux à la suite de l'enlèvement d'une héritière irlandaise, fit la conquête de Théroigne. La jeune femme s'éprit tout à coup de la musique, avec le désir d'entrer au théâtre. Le castrat italien était horrible à voir, quinteux, brutal et, qui pis est, plus que quinquagénaire ; il est vrai que l'âge importe moins quand il s'agit d'un chanteur de la chapelle Sixtine, et Théroigne ne tenait pas beaucoup au physique. Elle ramena à Paris, au commencement de 1788, Tenducci, qui l'allégea d'une bonne partie de ses diamants et de son argenterie. Les amants allèrent en Italie, où Théroigne, voulant à la fois étudier le chant et s'occuper de l'éducation des siens, emmena en bonne sœur ses deux frères germains et son frère consanguin, fils aîné de la seconde femme de Pierre Terwagne.

Elle s'arrêta d'abord à Gênes, au printemps de 1788. On trouve dans sa correspondance quelques détails sur son séjour dans cette ville. Il est à remarquer que presque toutes les lettres connues de Théroigne sont des lettres d'affaires adressées à Perregaux, et provenant des papiers de ce banquier, qui était pour la belle Liégeoise un ami et un conseiller sûr. Dans une lettre, à la date du 2 juin 1788, elle lui demande de l'argent sur les arrérages de la vente Persan, pour rembourser le marquis Jean-Luque Durazzo, qui a « fourni à ses besoins » pendant son séjour à Gênes. Elle prie

Perregaux d'envoyer l'argent au banquier Buzzoni ; cette lettre indique bien et son intention de rester à Gênes assez longtemps et son désir d'être agréable à son banquier parisien. A propos du marquis Durazzo, financier opulent, elle écrit à son correspondant : « Je serais bien charmée de pouvoir être le moyen de vous faire agréer la correspondance d'un si aimable seigneur qui fait des affaires immenses chez vous, particulièrement pour les emprunts... Je compte de faire quelque séjour dans cette superbe ville. Si je puis vous être de quelque utilité, vous n'avez qu'à disposer de moi [1]. » Le séjour de Théroigne se prolongea un an à Gênes. M. de Goncourt possède aussi dans sa riche collection d'autographes des lettres adressées par elle à Perregaux, toujours pour le même motif ; ainsi, la jolie voyageuse écrit de Gênes, le 9 mars, pour demander à son banquier un quartier de la rente Doublet de Persan (avec qui elle avait rompu en 1788), afin de se rendre à Rome et à Naples. Elle voit à Gênes la meilleure société à laquelle l'a présentée Durazzo, et est reçue familièrement chez le consul anglais. « Je vous enverrai mes diamants de Rome, dit-elle à

1. Collection de M. Marcellin Pellet.

Perregaux, et vous les garderez jusqu'à ce que mes talents me permettent de retourner en Angleterre. » Les jeunes Terwagne étudient l'un la peinture, les deux autres le commerce. La belle Liégeoise demande à son banquier de vouloir bien lui avancer trois mille livres, destinées à acheter une place de contrôleur à Liège pour son frère Pierre-Joseph. Le 22 mars, nouvelle lettre de Gênes. Théroigne envoie son frère lui-même à Perregaux et prie le banquier de faire tenir les trois mille livres à son correspondant de Liège, afin que les fonds ne soient employés qu'à acheter ce petit office. Le correspondant versera lui-même des espèces au nom du frère de Théroigne, de crainte qu'on n'abuse de l'inexpérience du jeune homme, ou qu'on ne lui conseille d'employer cet argent « moins solidement ». Elle sollicite Perregaux de s'intéresser à Pierre-Joseph « en conséquence de ses bonnes mœurs », et demande pour lui une place chez le correspondant liégeois du financier parisien, afin qu'il le prenne dans son bureau « pour apprendre ».

Théroigne était à Rome au moment de la convocation des États-Généraux. Elle rentra à Paris en juin, et, dans une lettre du 28 [1], elle annonça

1. Collection Dentu.

son retour à Perregaux, en le priant de vouloir bien recommander à son correspondant de Rome son second frère, qu'elle avait laissé en Italie pour achever son éducation. On voit que la femme légère s'occupait des siens avec une touchante sollicitude.

II

Iconographie de Théroigne. — Le 14 juillet.
Les 5 et 6 octobre 1789.

Théroigne trouva Paris tout en feu. Chacun sentait l'approche de la crise décisive. La belle Liégeoise se lança avec passion dans le mouvement. Elle suivit les manifestations populaires et assista, le 13 juillet, à la scène du Palais-Royal où Camille Desmoulins appela le peuple aux armes. Le lendemain matin, elle conduisit la foule aux Invalides, avec le procureur du roi, Ethis de Corny, et Sévère de Penvorn, curé de Saint-Étienne-du-Mont, pour y chercher des fusils, et prit part ensuite à l'assaut de la Bastille. Un témoin oculaire, Dusault, électeur de 89, le futur conventionnel, dit, dans son *Discours sur la prise de la Bastille* : « Cependant on combattait, on mourait autour du pont-levis. Des femmes volant au secours de leurs époux y ont été blessées. Une d'entre elles, qui n'y cherchait que la guerre, a depuis été mise au rang des vainqueurs de la Bastille. » C'est de Théroigne que Dusaulx parle. Elle reçut, en effet, plus tard, un sabre d'honneur, par décret du 19 juin 1790.

Du 14 juillet date une nouvelle existence pour la jeune femme, qui a toujours vécu jusqu'alors dans ce qu'on appelle aujourd'hui le demi-monde. Théroigne n'avait jamais eu un tempérament de courtisane ; la froideur de ses sens la sauvait des amours trop faciles. Mais, à partir de la prise de la Bastille, la belle Liégeoise se consacre toute à la Révolution. A cette époque, Théroigne a vingt-sept ans, ne les paraissant pas, puisque *le Rôdeur réuni au Chroniqueur secret de la Révolution*[1] ne lui en donne pas vingt-deux, *les Deux Amis* vingt-trois ou vingt-quatre. Elle est dans tout l'éclat de sa beauté, de cette beauté contestée seulement de parti pris par quelques adversaires politiques, comme Peltier, qui la dit « petite, chétive, malsaine, usée par la débauche »[2], ou par le comte

1. N° 39.

2. *Histoire de la Révolution du 10 août 1792*, t. Ier, p. 151, note.

Thomas d'Espinchal (manuscrit de Clermont-Ferrand, déjà cité), qui, avant même la Révolution, la trouvait « peu jolie, avec déjà l'air usé ». La taille de Théroigne était moyenne, plutôt petite, mais bien prise ; tous ceux qui l'ont vue, Prudhomme, Dulaure, Kerverseau, Clavelin, Camille Desmoulins, Lombard de Langres, etc., sont unanimes sur ce point. Georges Duval, dans ses *Souvenirs de la Terreur*[1], lui donne cinq pieds, une taille que l'on eût pu tenir entre les dix doigts. « Si ses traits, dit-il, n'étaient pas tout à fait aussi réguliers que ceux de la Vénus de Praxitèle, en revanche elle avait un minois chiffonné, un air malin qui lui allait à ravir, un de ces nez retroussés qui changent la face des empires. » Dulaure[2] dit qu'elle était jolie, brune, de taille moyenne, et portait sur son visage le caractère de la vivacité et de l'audace.

C.-F. Beaulieu, dans ses *Essais historiques sur les causes et les effets de la Révolution en France,* parle d'elle comme d' « une jeune personne assez gentille, qui a été remarquée de toute la France »[3].

1. T. I, 266.
2. *Esquisses historiques des principaux événements de la Révolution française,* t. I, p. 336.
3. T. II, p. 50.

Il ajoute : « Cette fille avait une vivacité extraordinaire, l'imagination rusée, la tête remplie de vers de nos grands poètes[1]. » Beaulieu, né à Riom comme Romme, avait fréquenté Théroigne avec son compatriote. Nous verrons même qu'il fit partie, au début de l'année 1790, du club des *Amis de la loi*. Et une contrefaçon de Rivarol, le *Petit dictionnaire des grands hommes et des grandes choses qui ont rapport à la Révolution*[2], s'exprime sur son compte en disant : « C'est cette charmante femme qui guidait le poignard dans les journées d'octobre. »

Les portraits de Théroigne sont assez rares. La Bibliothèque nationale en a un, à la manière noire, avec cette légende : « Mlle Thérouène », la gorge découverte, le sein gauche nu. La tête est coiffée d'un pittoresque madras, noué sur les cheveux épars. Les traits sont réguliers, mais lourds et épais. Ce portrait a été reproduit en 1845 par Dewritz pour l'éditeur Vignières. Nous possédons deux plats d'étain, d'origine allemande, sur l'un desquels ce même portrait est gravé ; Marie-Antoinette lui fait vis-à-vis sur l'autre. La ressemblance n'est probablement qu'approximative. De même,

1. T. II, p. 33.
2. Par « une société d'aristocrates». Paris, in-18°, 1790.

sans aucun doute, celle du portrait introuvable annoncé dans un catalogue de librairie, à Cologne, il y a plus de trente ans[1]. La brochure indiquée n'existe dans aucune bibliothèque de Paris. Raffet en a gravé un autre, élégant et théâtral, pour l'éditeur Furne, avec le costume traditionnel, l'amazone serrée à la taille, le chapeau à plumes tricolores. Théroigne a deux pistolets à la ceinture; sa main droite est appuyée sur un sabre nu, la pointe basse. La première impression est celle d'une illustration fantaisiste; mais en examinant de près la gravure, on voit que Raffet s'est évidemment inspiré du portrait de la bibliothèque dont nous parlons plus haut. Les traits sont idéalisés mais identiques; la pose est la même, comme la coupe de la figure. Pour trouver une image absolument ressemblante, il ne faut pourtant pas aller jusqu'au croquis qu'Esquirol fit prendre de la belle Liégeoise d'après nature à la Salpétrière en 1816, portrait lamentable, rappelant bien faiblement, hélas! la triomphante beauté qui ravit le cœur de nos pères. Nous en avons découvert un

1. *La P... errante, traduite de l'italien d'Arétin,* avec des gravures et le *portrait de Mlle Théroigne de Méricourt.* S. L., 1791, in-12, n° 443 du supplément du catalogue de Clément Brentano. Cologne, 1853.

autre, qui manque à la collection d'estampes de la Bibliothèque nationale, dessiné d'après nature au physionotrace. On sait que cet instrument, inventé par Chrétien en 1788, était une sorte de pantographe vertical, reproduisant le modèle à la décalque sur une glace sans tain, grandeur nature; on réduisait ensuite au moyen d'un pantographe horizontal. Théroigne est de profil, à gauche, en robe de linon ouverte sur la poitrine, les cheveux bouclés tombant sur les épaules, la tête coiffée d'un bonnet. Elle a ainsi un faux air de Mme Roland. La figure intelligente, chiffonnée, l'œil pétillant d'intelligence, le nez retroussé, c'est bien la femme que nous dépeignent tous les contemporains. Il existe, paraît-il, un second portrait d'elle au physionotrace, en habit d'homme à larges revers, avec une ample cravate, les cheveux à la Titus [1]. Le profil, obtenu par le même procédé mécanique, est identique.

Enfin M. Terme, collectionneur liégeois, possède aussi une miniature en ivoire que l'on dit représenter Théroigne de Méricourt.

A la vente de la collection de M. le comte de

1. Note manuscrite du temps, au dos du portrait au physionotrace que nous possédons, et qui est reproduit en tête de ce volume.

La Béraudière, en mai 1885, il a été adjugé un buste de grandeur nature, en terre cuite, porté au catalogue sous le n° 774 comme portrait de Théroigne de Méricourt. Ce buste est un assez joli morceau de la fin du XVIIIe siècle. L'artiste, un talent de second ordre, a représenté une femme la poitrine découverte, entourée d'une draperie que retient un ruban en écharpe passé entre les seins petits et placés fort bas. La chevelure est remontée au sommet de la tête, serrée par une couronne de laurier à peine indiquée. De lourdes boucles tombent sur le dos et sur les épaules. Sur le devant, les cheveux coupés courts, tout à fait à la mode d'aujourd'hui, couvrent en partie un front trop haut. La figure est anguleuse, le menton très long, un peu en galoche, le nez en lame de couteau. L'ensemble est disgracieux ; la figure allongée, sèche et maigre, paraît triste, malgré un sourire qui tire le coin des lèvres.

Le catalogue de la vente La Béraudière n'indique pas le nom du sculpteur. Il ne donne aucune preuve de l'authenticité du buste[1]. Nous croyons

1. D'après les renseignements qui nous ont été fournis par M. Victor Advielle, l'historiographe de Gracchus Babeuf, le buste de la vente La Béraudière provient de la manufacture de Sceaux.

cette authenticité très contestable. En effet, cette figure sèche, longue, maigre, au nez pointu, n'a aucun rapport avec les différents portraits connus de Théroigne de Méricourt. Elle ne donne pas la moindre idée de ce minois chiffonné, de ce nez retroussé dont parlent les contemporains, et qu'on retrouve dans le profil au physionotrace de Chrétien. Le buste de la collection de M. le comte de La Béraudière nous semble absolument « fait de chic », en admettant, ce qui n'est nullement prouvé, que le sculpteur ait voulu reproduire les traits de la belle Liégeoise.

Théroigne fréquentait beaucoup l'Assemblée de Versailles; elle cherchait à y nouer des relations, curieuse de voir de près le mouvement populaire dont son esprit, par une intuition vague mais sûre, devinait toute l'importance. La famine causée, soit de parti pris par les agents de la cour, soit naturellement par l'imprévoyante administration de l'ancien régime, poussait le peuple aux solutions violentes. Le 5 octobre, au matin, une troupe hurlante de femmes se présenta à l'Hôtel de Ville, réclamant du pain. Elles voulaient brûler les paperasses de la municipalité, disant que, depuis la Révolution, tout ce qu'on avait fait pour le peuple, c'était de salir du papier.

La municipalité ne savait comment tenir tête à l'orage; le pillage et peut-être l'incendie menaçaient les archives de l'Hôtel de Ville, quand un jeune homme de vingt-six ans, Stanislas Maillard, clerc d'huissier, remarqué pour son extraordinaire courage à la prise de la Bastille, proposa aux six ou sept mille femmes réunies sur la place de Grève de les conduire à Versailles, où elles pourraient exposer leurs griefs et réclamer du pain au roi et à l'Assemblée nationale. Maillard se mit à la tête de la colonne, qui, escortée d'hommes armés et traînant quelques canons, partit de Paris vers dix heures du matin et déboucha à Versailles sur la place d'Armes à cinq heures du soir. Théroigne n'accompagna pas Maillard et son état-major féminin, Rose Lacombe, Reine Audu ou Leduc[1], la « reine des Halles », la bouquetière Louison ou Pierrette Aubry, etc. La belle Liégeoise, avec ses goûts raffinés, n'aimait pas certains contacts. Mais, à cinq heures, quand la colonne parisienne se présenta devant le château, elle était déjà là, à cheval, en amazone rouge, le sabre au côté, les pistolets à la ceinture. Une légende s'est formée sur les scènes sanglantes des

1. *Journal général*, 5 janvier 1790.

5 et 6 octobre. Les amis de la cour prétendirent avoir reconnu dans la foule des poissardes déguisées en femmes, le duc d'Aiguillon et des familiers du duc d'Orléans, comme Choderlos de Laclos, l'auteur des *Liaisons dangereuses*. On a voulu voir dans Théroigne l'organisatrice de la manifestation populaire dont les conséquences furent si graves pour la royauté. La poésie a dramatisé ces scènes, et, en 1832, dans ses *Douze journées de la Révolution,* Barthélemy, l'auteur de la *Némésis,* nous montre Théroigne à l'œuvre :

. . . . . . Les larges avenues
Se noircissent au loin de femmes demi-nues,
Aux obscènes haillons, aux visages meurtris...
Sur ces groupes sans nom qui piétinent l'arène,
L'ardente Méricourt domine en souveraine.
Debout sur un canon comme sur son pavois,
Elle exalte les rangs du geste et de la voix.
On distingue au milieu de ses sœurs de bataille
La blancheur de son teint et le fût de sa taille;
A sa mâle vigueur la grâce n'a pas nui.
Désormais du boudoir fuyant le mol ennui,
Une lance à la main, la tête échevelée,
Elle marche aux périls comme Penthésilée.
Nul homme assez hardi, piéton ou cavalier,
Ne lutterait contre elle en combat singulier.
Le sabre et le fusil pendent à ses épaules;
On croirait voir passer la prêtresse des Gaules;
C'est la Pythie en feu qui sur ce noir essaim
Souffle le dieu caché qui suffoque son sein.

Un autre poète, M. Adolphe Mathieu, de Mons, compatriote de Théroigne, s'inspirant manifestement de Barthélemy, a publié sur elle, en 1847, un poème[1] empreint d'un sentiment très juste de la Révolution française :

Aux premiers cris de guerre elle vient, elle accourt
Comme un cheval fougueux lancé dans la carrière.
Et cette belle aventurière
C'est la vierge (?) de Méricourt.
Dans la foule qui bouillonne,
Quelle est belle, la lionne,
Mon héroïne aux seins nus.
Ma Penthésilée antique
Dont l'âme patriotique
Souffle des feux inconnus !

Ses cheveux bruns ondés glissent sur ses épaules
Comme en un lac d'argent tombent les pleurs des saules.
Au peuple qu'elle exalte elle dicte des lois.
Et jamais, non jamais, la prêtresse des Gaules,
Velléda n'apparut si belle aux vieux Gaulois.
C'est l'ange de la délivrance,
L'ange qui prend pitié des peuples en souffrance,
L'ange vainqueur, qui de la France
Fait le pôle des nations!

Quel fut le rôle de Théroigne, son rôle réel, et

1. Reproduit dans les poésies complètes d'Adolphe Mathieu, *Givres et Gelées*. Bruxelles 1885.

non celui qu'elle se fit ou qu'on lui fit après coup, dans les événements d'octobre [1], quand l'attention publique se fut portée sur cette femme qu'un historien assez exact et plus soucieux d'aller aux sources qu'on ne l'était habituellement en 1840, Lairtullier, dépeint ainsi : « La voilà en agile amazone, chapeau à la Henri IV sur l'oreille, large sabre au côté, deux pistolets à la ceinture, une cravache à la main à pomme à cassolette d'or, remplie de sels et d'aromates en cas de défaillance et pour neutraliser l'odeur du peuple [2] ? » Nous possédons sur les événements d'octobre une suite considérable de documents, toute la procédure du Châtelet, commencée le 11 décembre 1789 pour finir le 29 juillet 1790, dans laquelle on entendit trois cent quatre-vingt-dix-huit témoins. Le rapport de Chabroud, présenté à l'Assemblée constituante pour refuser l'autorisation de poursuites contre Mirabeau et le duc d'Orléans, ne fait pas allusion à Théroigne. Elle n'est pas comprise parmi les femmes à qui la Commune accorda des médailles patriotiques commémoratives du

1. C.-F. Beaulieu, dans ses *Essais historiques,* dit à propos des journées d'octobre : « Théroigne y joua un grand rôle. »

2. *Les Femmes célèbres de* 1789 *à* 1795. T. I, p. 59.

6 octobre, pas plus, du reste, que sa compagne Reine Leduc (ou Audu)[1]. On ne parle pas de la belle Liégeoise dans les *Forfaits du 6 octobre,* un gros volume in-8°, discussion passionnée du rapport de Chabroud. Une autre réfutation du rapport, *l'Appel au tribunal de l'opinion publique,* par Mounier (Genève, 1790), dit seulement, à la page 345, que l'Assemblée dessaisit la commission spéciale du Châtelet, d'abord chargée de l'instruction, parce qu'elle craignait « que la continuation de la procédure et les décrets de prise de corps (dont nous parlerons plus loin) contre Théroigne de Méricourt et la femme Leduc (Reine Audu) ne procurassent de nouvelles lumières sur les crimes et sur les coupables », c'est-à-dire sur le duc d'Orléans et Mirabeau.

Parmi près de quatre cents témoins, cinq seulement parlent de Théroigne. Voici le résumé de leurs dépositions :

1° Mme de Montaran, le 5 octobre au soir, a vu une amazone montée sur un cheval noir, vêtue proprement, parler sans descendre de cheval à la sentinelle de la grille de l'Orangerie.

1. *Journal général* des 5 janvier et 24 septembre 1790.

2° Jean-Edmond Tournacheau de Montveron, prêtre du diocèse de Lyon, licencié ès théologie, habitant à la Sorbonne, vers cinq heures étant à une fenêtre de l'hôtel de Flammerens, rue de l'Orangerie, près de la rue de la Surintendance, avec Mme de Montaran, a vu arriver des femmes, parmi lesquelles une vêtue d'un habit de cheval écarlate, à cheval, suivie d'un jockey rouge, qu'on lui a dit être Théroigne de Méricourt; il l'a reconnue, l'ayant vue à l'Assemblée. Elle a parlé à la sentinelle de la grille de l'Orangerie, un garde national de Versailles, et lui a fait fermer la grille.

3° Cornier de La Dodinière, major du château d'Angers, a vu une femme en redingote rouge et chapeau rond, qui allait de groupe en groupe.

4° De Saint-Gobert, avocat au Parlement, lieutenant des chasseurs volontaires du bataillon de Saint-Étienne-du-Mont, a vu dans les rangs une jeune femme d'une figure agréable, vêtue en amazone, chapeau et panache noirs, disant qu'il fallait aller à l'Assemblée nationale.

5° Enfin, François-Xavier Veytard, curé de Saint-Gervais, dépose qu'à cinq heures du soir, le 5 octobre, le régiment de Flandres était sur deux lignes dans l'avenue de Paris; qu'une femme vêtue d'une redingote rouge, du moins autant qu'on pouvait en juger dans l'obscurité, parcourait les rangs des soldats, tenant une corbeille à la main, où les soldats prenaient des petits paquets. Il observe qu'il a entendu donner le nom de Thérouenne (*sic*) à cette dame.

On remarquera le vague de cette dernière déposition. A l'heure précise où le curé Veytard croit, « autant qu'on peut en juger dans l'obscurité », voir une femme qu'il a entendue appeler Thérouenne distribuer de l'argent, avenue de Paris, aux soldats du régiment de Flandres, plusieurs autres témoins constatent la présence de la belle Liégeoise à l'autre bout de Versailles, à la grille de l'Orangerie. Cette déposition unique fit, nous le verrons, le 4 août suivant, décréter de prise de corps de Théroigne. Il est peu probable que ce soit par des distributions d'écus de six livres pliés dans du papier que l'héroïne populaire ait conquis le régiment de Flandres et décidé ainsi du succès de la journée. Carlyle nous semble avoir mieux compris le rôle de la belle Liégeoise, qu'il ravale pourtant un peu trop, quand il dit: « Mais déjà Pallas-Athènè, sous la figure de la demoiselle Théroigne, est occupée avec Flandres et les dragons démontés. Elle et quelques autres, propres à la besogne, parcourent les rangs, parlent avec un sérieux enjouement, abattent avec de douces mains les fusils et les carabines. On a écrit que Théroigne avait des sacs d'argent qu'elle distribuait. Fournis par qui? Elle n'avait pas d'argent, mais de noirs cheveux, la tournure d'une déesse païenne et l'éloquence du cœur[1]. »

Quoi qu'il en soit, l'action des nouvelles Sabines paralysa la résistance des troupes royales et assura la victoire du peuple de Paris.

1. *Histoire de la Révolution*, par Carlyle. T. I, p. 344.

III

L'Assemblée à Paris. — Le salon de Théroigne. — Le club des *Amis de la loi*. — Gilbert Romme. — Théroigne et Populus. — Le club des Cordeliers.

(1789-1790.)

Le résultat immédiat des journées d'octobre fut de ramener à Paris, avec le roi et la cour, les représentants de la nation. Théroigne avait quitté son ancien appartement de la rue Bourbon-Villeneuve, pour s'installer à l'hôtel de Grenoble, rue du Bouloy. Elle attira peu à peu auprès d'elle un grand nombre de députés et de publicistes. Ses journées étaient remplies par les séances du Manège, par celles des clubs où elle prenait la parole avec son éloquence si vivante et si étrange. Beaulieu[1] raconte qu'elle trouvait le moyen de se

1. *Essais historiques*, t. II, p. 54.

montrer à la fois dans toutes les réunions populaires, et de rentrer pour passer la soirée avec les hommes politiques qui l'attendaient chez elle. On soupait à l'hôtel de Grenoble, en société nombreuse mais choisie. En effet, les contemporains les plus dignes de foi sont d'accord pour faire de cette femme galante un portrait singulièrement flatteur. Les auteurs de l'*Histoire de la Révolution par Deux Amis de la liberté*[1] disent d'elle : « En 1789, elle recherchait la société des députés les plus distingués et celle des journalistes qu'elle croyait avoir le plus d'influence, discutant avec eux sur les affaires publiques, sur la littérature française même, avec assez de sagacité. J'ai vu des hommes sages, qui jouissent aujourd'hui (1797) d'une haute considération, devenir amoureux de cette petite personne, et celle-ci rejeter leurs vœux avec une fierté lacédémonienne dont ils ont beaucoup ri depuis, quand ils ont su que cette beauté si scrupuleuse n'était autre qu'une fille entretenue. »

En réalité, la vie de Théroigne était très occupée, presque sévère. Les *Deux Amis* la quali-

1. T. VII, p. 77 et 78, note. Les *Deux Amis* étaient Kerverseau et le libraire Clavelin, avec la collaboration de Lombard (de Langres) et de Beaulieu.

fient de prude, disant qu'elle poussait la réserve de son sexe à l'excès. « Les plaisanteries les plus innocentes la faisaient rougir ; la moindre agacerie la fâchait, et cependant elle ne fréquentait jamais que des hommes. » Beaulieu est certainement l'auteur de cette note des *Deux Amis*. Il la reproduit presque textuellement dans ses *Essais historiques* [1], en ajoutant : « La voluptueuse Cypris est tout à coup métamorphosée en une grave et sévère Minerve. Cette adroite grimace en impose pourtant à tout le monde, pique l'amour-propre, agace même le cœur de ceux qui l'ont trouvée jolie, et peu s'en faut que tous ces *politicoman* ne deviennent des amants passionnés. » Dulaure cite d'elle un mot caractéristique, dit avec son accent flamand : « Je n'aime pas les femmes *francesses*. » En effet, depuis qu'elle s'était éprise de la politique et des lettres comme autrefois de la musique, elle ne voyait que des hommes, et les plus sérieux, les plus graves. Mirabeau lui parut toujours trop dissolu : elle ne l'aima jamais. « Lorsqu'on lui demandait grâce pour Mirabeau, dit Beaulieu [2], en considération

1. *Essais historiques,* t. II, p. 50.
2. *Essais historiques,* t. II, p. 52.

de son empressement pour les femmes, elle témoignait son dégoût par les signes les moins équivoques. » Ses amis particuliers, les habitués de ses dîners, étaient surtout des personnages fort rassis : Sieyès et son frère, Pétion, qu'on lui donna pour amant, Brissot, quelques jeunes gens spirituels, comme Camille Desmoulins, Marie-Joseph Chénier, Anacharsis Clootz, Bosc d'Antic, Gorsas, Basire, Fabre d'Églantine, parfois Barnave et Saint-Just, l'imprimeur Momoro, et en première ligne Romme, le martyr de prairial, alors à Paris avec le jeune comte russe Strogonoff, dont il était précepteur. Théroigne s'attacha particulièrement à Romme ; elle s'éprit de lui avec son esprit, non avec ses sens. « Théroigne était jolie, disent les *Deux Amis ;* Romme, une espèce de quaker affectant la plus austère modestie, d'une figure à faire peur ; c'était un métaphysicien obscur, un alchimiste politique dont il était impossible de suivre les bizarres dissertations. Rien n'était plus comique que d'entendre la petite Théroigne vouloir renchérir encore sur la mysticité de son maître et, avec des figures si disparates, de les voir l'un et l'autre rire de leur audace et de leurs découvertes. » L'intimité de Romme et du jeune Strogonoff avec l' « amazone de la liberté », intimité des plus chastes, est constatée dans les papiers du conventionnel récemment publiés[1]. Romme raconte qu'il fonda, avec quelques amis d'Auvergne et son élève Strogonoff, le club des *Amis de la loi*. Il ajoute que les séances se tenaient chez Théroigne, archiviste de la Société.

Nous avons eu la bonne fortune de trouver des documents autographes provenant de la succession de Gilbert Romme et relatifs au club des *Amis de la loi*. Il fut fondé le 10 janvier 1790 et définitivement baptisé le 20. Les séances devaient avoir lieu trois fois par semaine, les mercredi, vendredi et dimanche, de sept heures du soir à dix. Au bout d'un mois, les jours furent changés : il n'y eut plus que deux séances, le mardi et le jeudi. Théroigne prit une part active aux délibérations de ce petit club, auquel elle donnait l'hospitalité de son salon et dont les discussions ne manquaient pas de sérieux. Elle cherchait à recruter des membres, proposant par exemple l'admission de l'aîné de ses frères qui logeait avec elle. Il fut écarté comme associé par la raison qu'il ne parlait

1. *Romme le Montagnard,* par M. de Vissac, p. 121. Clermont-Ferrand, 1883.

pas suffisamment le français. Peut-être aussi lui reprochait-on de vivre depuis trois ou quatre ans, d'une façon médiocrement honorable, aux dépens de sa sœur. Théroigne, d'abord archiviste de la Société, céda bientôt cette fonction à Chapsal; elle discutait *ex professo* les plus hautes questions de législation, protestant, par exemple, contre le droit de protection donné à l'homme sur la femme. Nous possédons dans notre collection une feuille d'émargement du club des *Amis de la loi,* avec les signatures autographes des adhérents à la date du 10 mars 1790, deux mois après la Constitution. M. de Larminat présidait, assisté de MM. Sponville et Duguet, secrétaires. On remarque parmi les signatures celles de Théroigne, de Romme et de plusieurs de ses compatriotes d'Auvergne, comme son neveu Tailhand et le journaliste C.-F. Beaulieu, rédacteur de l'*Assemblée nationale,* tombé depuis dans la réaction; celles d'Otcher (le nom de guerre du jeune comte Strogonoff), bibliothécaire du club, et de Bosc d'Antic, fils du médecin de Louis XV, le correspondant et l'ami de Mme Roland, le tuteur de sa fille Eudora. Maret, le futur duc de Bassano, alors rédacteur parlementaire du *Moniteur,* se fit bientôt inscrire.

Les organisateurs du club des *Amis de la loi* eurent l'intuition du système qui devait donner une si grande force aux Jacobins. Ils cherchèrent à s'affilier des comités populaires des départements. Un long mémoire autographe de Romme, que nous possédons, indique, avec netteté et abondance de détails, sous ce titre « Association populaire », l'organisation du club : « Le projet qu'on esquisse ici, écrit Romme, est le résultat de plusieurs conversations où Mlle Théroigne a exposé de quelle importance serait dans ce moment-ci un établissement qui aurait pour objet de faire connaître le degré et les moyens d'influence de chaque membre de l'Assemblée nationale... Cette première vue a conduit au projet d'une association et s'est agrandie à mesure qu'on l'a développée. D'autres vues sont venues successivement se joindre à celle-là, et l'ensemble offre le plan d'un établissement utile, important dans son objet et vraiment populaire, mais dont le succès dépendra du concours de plusieurs personnes distinguées par leurs vertus et leur civisme. Il ne s'agit de rien moins que de donner une nouvelle impulsion aux mœurs; d'élever le peuple à la dignité de ses droits; de l'éclairer sur ses vrais intérêts et sur le degré de confiance et d'estime qu'il doit au zèle, aux lumières et aux vertus de ses représentants à l'Assemblée nationale; de lui développer les avantages de la Révolution pour assurer son bien-être; de propager, autant qu'il est possible, la connaissance des opérations journalières de l'Assemblée; de réveiller le patriotisme éteint de quelques âmes molles et craintives; de contenir les esprits trop exaltés qu'un excès de zèle peut égarer; d'épargner aux lecteurs impatients la recherche laborieuse et rebutante d'un franc patriotisme dans la multitude de brochures et de feuilles périodiques dont nous sommes inondés; d'offrir aux bons citoyens un choix tout fait dans un cabinet de lecture ouvert aux associés; de correspondre avec les provinces pour y répandre les bons livres et les belles actions, et en recevoir de nouvelles lumières, de nouveaux motifs d'encouragement; de rassembler, comme dans un foyer, les rayons épars de l'opinion publique, et dissiper les nuages dont les âmes noires, viles et hypocrites s'efforcent de l'obscurcir pour alarmer le peuple; d'en diriger la lumière épurée sur un tribunal libre de censure, dont les décisions, marquées par la sagesse et la maturité, acquerront un cararctère imposant et redoutable pour ceux qui trahiront la cause publique, mais consolant pour ceux qui ont le courage du bien[1]. »

Avec son esprit méthodique, Gilbert Romme classait les idées de Théroigne ; il groupait les *Amis de la loi,* « irréprochables dans leurs mœurs comme dans leurs opinions » et choisis par une sévère cooptation en six comités : le comité d'annotation, chargé de suivre les séances de l'Assemblée nationale ; de bibliographie, chargé d'examiner les publications ; de rapport, chargé de recueillir les bruits de la ville, d'assister aux séances de la Commune et du Châtelet ; de censure, chargé de faire un choix parmi les publications et les documents à soumettre à la société ; de rédaction, pour publier tous les huit jours les travaux des autres comités.

Romme et Théroigne, descendant aux moindres détails, donnaient ensuite le plan d'organisation de la bibliothèque et du cabinet de lecture confiés au jeune Otcher-Strogonoff. Les *Amis de la loi* se préoccupèrent surtout d'attirer à eux les membres de la Constituante. Mais Romme n'oubliait pas le lien commun d'origine qui unis-

1. Extrait d'un important mémoire inédit et autographe, de Gilbert Romme. Collection de M. Marcellin Pellet.

sait la plupart des associés : il demandait la traduction de la Déclaration des Droits de l'homme en patois de la Limagne d'Auvergne. Le club des *Amis de la loi* ne parvint pas, malgré les soins que Théroigne donnait à son recrutement, à attirer un nombre considérable d'affiliés. Aussi la belle Liégeoise, trouvant son public insuffisant, proposait-elle, dès le mois de mars, après la scène dont nous allons parler tout à l'heure, une fusion avec le club des Cordeliers. La proposition fut repoussée par la majorité, désireuse de continuer à huis clos ses séances d'académie politique. Mais la fusion se fit bientôt par la force des choses, les amis de Romme partageant presque tous les idées des Cordeliers.

Nous voilà loin des calomnies répandues sur le compte de la jeune femme par les royalistes, calomnies que Lamartine, toujours prêt à prendre des documents suspects sans les contrôler, quand il ne donne pas tout simplement carrière à son imagination, a encore exagérées dans son *Histoire des Girondins* en disant que la belle Liégeoise, « d'abord attachée aux grands novateurs de 1789, glissa de leurs bras dans les bras de riches voluptueux qui payaient chèrement ses charmes ». Si l'on veut examiner de près la vraisemblance de cette imputation et voir de quelle façon « de riches voluptueux » payaient « chèrement » les charmes de Théroigne en subvenant aux frais de son ménage, il suffit de jeter les yeux sur une note des objets mis au Mont-de-Piété de Paris par la jeune étrangère dans l'espace de moins d'un an. La voici :

315 L.	Un cadenas de bracelets de 18 brillants. 8 juin 1789.
214 L.	Une cuillère à ragoût, 6 couverts d'argent. 2 juillet 1789.
450 L.	Un cadenas de 18 brillants. 18 juillet 1789.
90 L.	Trois couverts d'argent. 26 septembre 1789.
140 L.	Un porte-huilier avec ses bouchons. 10 octobre 1789.
80 L.	Un étui d'or. 29 octobre 1789.
60 L.	Une cuillère à ragoût et un couvert. 2 novembre 1789.
58 L.	Deux couverts d'argent. 14 novembre 1789.
2080 L.	Deux tables de bracelets avec 52 diamants. 16 novembre 1789.
1100 L.	Un collier de brillants. 9 décembre 1789.
1080 L.	Une boucle d'oreille à brillants. 1er février 1790.
1215 L.	Une boucle d'oreille à chaîne de brillants. 3 mars 1790.
809 L.	Une bague d'un fort brillant. 7 mai 1790[1].
7691 L.	

1. Demarteau : *Théroigne de Méricourt*, p. 25.

En tout près de huit mille livres empruntées en moins d'un an, et dix engagements faits pendant les premiers mois de la Révolution. Théroigne n'était donc pas entretenue par des amants : elle ne recevait même pas de secours de ceux, comme le duc d'Orléans, dont on veut qu'elle ait servi la politique et les intérêts.

Un journal, *le Rôdeur réuni au Chroniqueur secret de la Révolution* (n° 39), dans une curieuse note, parle ainsi de l'archiviste du club des *Amis de la loi :* « Cette fille admirable n'a ni père ni mère, mais elle jouit de dix mille livres de rente qu'elle mange honorablement avec les honorables architectes de la Constitution française. Ces honorables, à qui elle donne à dîner, l'ont prônée. Elle s'est fait remarquer dans la salle du Manège en assistant régulièrement à toutes les séances et en encourageant du geste et de la voix les honorables membres. Il s'est tenu chez elle des comités révolutionnaires. On y a tant exalté les droits de l'homme, que les quarante-cinq apôtres se sont permis sur cette exaltation tout ce qu'une jalouse rage peut manifester de poignantes noirceurs et d'incurables dénigrations pour écorner une réputation aussi vaste que celle de notre héroïne. Mais ce qui fera l'étonnement de nos neveux, c'est que parmi les honorables membres de Mlle Théroigne, il ne s'en soit trouvé aucun qui ait osé publiquement prendre en main la cause de cette nymphe adorable. »

« Adorable ! » Voilà l'épithète qu'amis et ennemis s'accordent à donner à Théroigne. C'est bien l' « adorable furie » dont parle le vieux Balzac dans une lettre à Corneille, à propos de l'Émilie de *Cinna*. Le morceau du *Rôdeur* que nous venons de citer fait allusion à la jalouse rage des Apôtres excitée contre cette réunion de l'hôtel de Grenoble où tant de députés patriotes, isolés à Paris, loin de leurs familles, trouvaient comme un foyer chez cette jolie fille élégante et passionnée pour la politique. Dans le numéro 6 des *Actes des Apôtres,* publié vers le 10 novembre 1789, commence contre la belle Liégeoise la campagne qui durera pendant les dix trimestres de ce spirituel et cynique journal. C'est Champcenetz, le « clair de lune » de Rivarol, qui ouvre le feu.

« Le hasard, dit-il, m'a fait connaître Mlle Théroigne de Méricourt. Les charmes de sa figure, les grâces de son esprit et, plus que tout cela sans doute, son ardent amour pour la liberté, m'ont retenu auprès de cette femme adorable. (Voilà encore le mot !) On pourrait l'appeler la muse de la démocratie, ou plutôt c'est Vénus donnant des leçons de droit public. Sa société est un lycée, ses principes sont ceux du Portique; elle aurait au besoin ceux des Arcades (allusion à celles du Palais-Royal, mal fréquentées comme on sait). On compte parmi ses élèves l'abbé Sieyès, Pétion de Villeneuve, Barnave, l'heureux Populus, dont, hélas! elle couronnera bientôt l'inépuisable amour par un mariage qui fera le malheur de ma vie. Les morceaux les plus applaudis, les plus élégants, les plus civiques de leurs discours à l'Assemblée ont été composés ou inspirés par elle. L'hôtel de Grenoble, rue du Bouloy, où elle loge, est devenu le point central de la France régénérée. »

Les Apôtres représentent Théroigne dans le frontispice de leur tome II, commencé le jour de la Purification (janvier 1790), en chef d'orchestre d'un théâtre sur lequel figurent les principaux orateurs de la gauche. « Le costume de Mlle Théroigne, dit l'explication de la gravure, est le même qu'elle portait à Versailles, lorsqu'à la tête de l'armée de la nation elle enfonça, le 5 octobre, une brigade de gardes du corps. Son amazone d'écarlate, son panache noir étaient le signe de ralliement. On les trouvait toujours au chemin de la déroute. »

Champcenetz, dans le passage reproduit plus

haut, cite Populus[1], député de Bourg-en-Bresse, parmi les familiers de l'hôtel de Grenoble. Le nom de ce personnage très réel, malgré son aspect de pseudonyme latin, est perpétuellement accolé à celui de Théroigne dans les journaux du temps, par une allusion fort méchante à la légèreté des mœurs de la belle Liégeoise, à qui on semblait donner ainsi le peuple tout entier pour amant. Dans le numéro 38 des *Actes des Apôtres*, on reprend l'idée du mariage de Théroigne en un « drame national en vers civiques », *Théroigne et Populus*, ou *le Triomphe de la démocratie*. C'est à l'hôtel de Grenoble que les Apôtres placent le drame. La scène III du premier acte est une plaisante parodie du *Cid*. Populus, heureux amant de la nouvelle Chimène, est jaloux de Mirabeau et le provoque dans les termes suivants :

POPULUS.

A moi, comte, deux mots!

MIRABEAU.

Parle.

1. Populus, avocat et représentant du peuple, tomba dans la réaction. Il fut guillotiné en janvier 1794, à Lyon, comme fédéraliste.

POPULUS.

Ote-moi d'un doute.
Connais-tu Populus?

MIRABEAU.

Oui.

POPULUS.

Parlons bas, écoute.
Me crois-tu de tournure à devenir cocu?
Le souffrirais-je en paix, dis-moi, le penses-tu?

MIRABEAU.

Peut-être.

POPULUS.

Un pistolet qu'assez souvent je porte,
Le crois-tu donc rouillé? Réponds-moi.

MIRABEAU.

Que m'importe!

POPULUS.

Il pourra mettre obstacle à tes galants projets
A quatre pas d'ici...

MIRABEAU.

Je ne me bats jamais;
Mais pour faire éclater ta valeur guerrière,
Populus, de grand cœur, je te livre mon frère.

Au second acte, monologue de Théroigne :

O destins fortunés, triomphe glorieux,
Vingt sénateurs par jour remplissent tous mes vœux,

S'en viennent à mes pieds, d'une flamme immortelle
Présenter à l'amour une offrande nouvelle.

Mirabeau entre et déclare sa flamme.

Des vertus du Sénat émule généreuse,
De la belle Le Jay[1] rivale trop heureuse,
Un moderne Brutus, le plus grand des humains,
Met son cœur à vos pieds, son sceptre dans vos mains.

Populus vient interrompre une conversation de Mirabeau avec son confident Barnave. Il croit voir deux rivaux et s'écrie :

Couple adroit et féroce, il suffit de mon bras
Pour punir à l'instant vos lâches attentats.

Il tire son épée, une écritoire, la carte de son département ou toute autre arme offensive.

Je vous plonge tous deux dans la nuit éternelle
Et vous défie ensemble, à pied comme à cheval.
En femme, en député...

BARNAVE, *reculant.*

Lui seul est ton rival,
Je ne puis...

MIRABEAU, *effrayé.*

Il connaît le serment qui me lie.
Je ne me battrai pas, même pour la patrie![2]

Le dernier vers est cruel.

1. Femme du libraire Le Jay, maitresse de Mirabeau.
2. *Actes des Apôtres*, n° 48.

A la même époque, Marchant inaugurait le premier numéro de la *Chronique du Manège* par un morceau de haut goût, « l'Accouchement de Mlle Théroigne », avec une épigraphe latine tirée de l'Apocalypse. Théroigne accouche en pleine tribune d'un enfant aux trente-six pères. C'est une mouture de plus tirée du sac des Apôtres, une copie de la parade sempiternelle sur les couches de Target, père de la Constitution.

Tous ces brocards touchaient peu Théroigne, qui se préoccupait médiocrement du bruit fait autour de son nom, ne le craignant pas d'ailleurs. Elle partageait plus que jamais son temps entre le Manège et les clubs. Le jeudi 4 février 1790, quand le roi eut prononcé son discours d'adhésion à la Constitution, tous les députés ayant juré à leur tour, par appel nominal, les citoyens et les citoyennes des tribunes s'associèrent à ce serment. Le procès-verbal de la séance donne leurs noms. Celui de Théroigne y figure[1]. D'autre part,

1. Camille Desmoulins, dans le numéro 12 des *Révolutions de France et de Brabant,* dit à propos de la réponse faite au roi par le président Bailly : « Plusieurs auraient voulu dans son discours un peu plus de dignité. On voit trop que c'est la chaise qui parlait au fauteuil (le président avait cédé son fauteuil à Louis XVI et pris lui-même le

Camille Desmoulins, dans le numéro 14 des *Révolutions de France et de Brabant*, nous fait assister à la réception de Théroigne au club des Cordeliers. Le journal ne porte pas de date, mais le numéro 14 correspondant au 27 février 1790, c'est donc du 20 au 25 que cette scène eut lieu.

Camille raconte qu'il s'est fait inscrire au club en qualité d'habitant de cette terre de liberté qui a nom le quartier latin. « J'allais ces jours derniers, dit-il, faire mon serment civique et saluer les pères de la patrie, mes voisins. Avec quel plaisir j'écrivis mon nom, non pas sur les vains registres de baptême, mais sur les tablettes de ma tribu, sur ce véritable livre de vie... J'allais me retirer quand la sentinelle appelle l'huissier de service, et celui-ci annonce au président qu'une jeune dame veut absolument entrer au Sénat. On croit que c'est une suppliante, et on pense bien que chez des Français et des Cordeliers personne ne propose la question préalable. Mais c'était une opinante, c'était la célèbre Théroigne qui venait demander la parole et faire une motion. Il n'y eut qu'une voix pour l'admettre à la barre. A sa vue

siège d'un secrétaire). A quelques endroits du discours, l'élite des patriotes et Mlle Théroigne se fâchent. »

l'enthousiasme saisit un honorable membre (Camille lui-même). Il s'écrie : « C'est la reine de « Saba qui vient voir le Salomon des districts !

« — Oui, reprit Mlle Théroigne, tirant de là son exorde avec beaucoup de présence d'esprit, c'est la renommée de votre sagesse qui m'amène au milieu de vous. Prouvez que vous êtes Salomon, que c'est à vous qu'il était réservé de bâtir le temple, et hâtez-vous de construire un temple à l'Assemblée nationale. C'est l'objet de ma motion. Les bons patriotes peuvent-ils souffrir plus longtemps de voir le pouvoir exécutif logé dans le plus beau palais de l'univers, tandis que le pouvoir législatif habite sous des tentes, tantôt aux Menus-Plaisirs, tantôt dans le Jeu de Paume, tantôt au Manège, comme la colombe de Noé qui n'a point où reposer sa tête ? Le terrain de la Bastille est vacant, cent mille ouvriers manquent d'occupation. Que tardons-nous, illustres Cordeliers, modèles des districts, patriotes républicains, Romains qui m'écoutez ? Hâtez-vous d'ouvrir une souscription pour élever le palais de l'Assemblée nationale sur l'emplacement de la Bastille. La France entière s'empressera de vous seconder. Elle n'attend que le signal. Donnez-le-lui ; invitez tous les meilleurs ouvriers, tous les plus célèbres artistes. Ouvrez un concours pour les architectes, coupez les cèdres du Liban, les sapins du mont Ida. Ah ! si jamais les pierres ont dû se mouvoir d'elles-mêmes, ce n'est point pour bâtir les murs de Thèbes, mais pour construire le temple de la Liberté. C'est pour enrichir, pour embellir cet édifice qu'il faut nous défaire de notre or et de nos pierreries. J'en donnerai l'exemple la première... On vous l'a dit, les Français ressemblent aux Juifs, peuple porté à l'idolâtrie [1]. Le vulgaire se prend par les sens. Il lui faut des signes extérieurs auxquels s'attache son culte. Détournons ses regards du pavillon de Flore, des colonnades du Louvre. Le véritable temple de l'Éternel, le seul digne de lui, c'est le temple où a été proclamée la Déclaration des Droits de l'homme. Les Français dans l'Assemblée nationale revendiquant les droits de l'homme et du citoyen, voilà sans doute le spectacle sur lequel l'Être suprême abaisse ses regards avec complaisance. Voilà l'hommage qu'il entend avec plus de plaisir que le chant des hautes et basses-contre exécutant un *Kyrie eleison* ou un *Salvum fac regem !* »

1. Allusion à l'article d'Élysée Loustallot sur *les Idoles*, paru dans le numéro 30 des *Révolutions de Paris*, le 6 février 1790.

Camille ajoute : « On conçoit l'effet que dut faire un discours si animé et ce mélange d'images empruntées du récit de Pindare et de ceux de l'Esprit-Saint. Quand la fureur des applaudissements fut un peu calmée, plusieurs honorables membres discutèrent la motion, l'examinèrent sous toutes ses faces, et conclurent tous comme la préopinante, après lui avoir donné de justes éloges, qu'on nommât des commissaires pour rédiger une adresse aux cinquante-neuf districts et aux quatre-vingt-trois départements. »

Les commissaires désignés par les Cordeliers furent Paré, président en exercice, depuis ministre de l'intérieur en 1793 ; Danton, ex-président ; Fabre d'Églantine, vice-président ; Dufourny de Villiers et Camille Desmoulins. Les *Révolutions de France et de Brabant* (n° 14) donnent le texte de l'adresse rédigée par eux dans le sens de la motion de Théroigne. Ce projet de construire le palais législatif sur l'emplacement de la Bastille n'aboutit pas, et l'Assemblée resta au Manège jusqu'au 10 mai 1793, jour où elle s'installa dans la salle de spectacle des Tuileries. Mais un incident curieux marqua cette séance des Cordeliers, dont Camille rend compte avec son art inimitable. « Sur la demande de Mlle Théroigne, dit-il, d'être admise au district avec voix consultative, l'Assemblée a suivi les conclusions du président, qu'il serait voté des remerciements à cette excellente citoyenne pour sa motion; qu'un canon du concile de Mâcon ayant formellement reconnu que les femmes ont une âme et la raison comme les hommes, on ne pouvait leur interdire d'en faire un si bon usage que la préopinante; qu'il sera toujours libre à Mlle Théroigne et à toutes celles de son sexe de proposer ce qu'elles croiraient avantageux à la patrie; mais que sur la question d'état, si la demoiselle Théroigne sera admise au district avec voix consultative seulement, l'Assemblée est incompétente pour prendre un parti, et qu'il n'y a pas lieu de délibérer. » Il était impossible de se tirer d'affaire avec plus de galanterie et de bon sens.

Cette proposition faite par Théroigne aux Cordeliers de donner à l'Assemblée nationale un local digne d'elle excita chez les royalistes une vive irritation. Le *Nouveau dictionnaire français à l'usage de toutes les municipalités, composé par un aristocrate* (in-8°, 1790), dit, dans une notice consacrée à la belle Liégeoise : « Courtisane de second ordre, habitant en hôtel garni, vivant conjugalement avec Populus, Mirabeau et tous les faquins qui se présentent la bourse à la main. Cette héroïne de boudoir fait des motions dans son district ; elle trouve le roi trop bien logé et l'Assemblée trop mal, comme si Cartouche et sa bande l'avaient été aussi bien. Mlle Théroigne, par son courage mâle, son patriotisme, sa fougueuse éloquence, ferait oublier son sexe et l'oublierait peut-être elle-même, sans les fonctions augustes qui le lui rappellent journellement et dont les amateurs de physique expérimentale ne lui permettent pas de se dispenser. » Nous savons ce que valent ces insinuations malveillantes.

Mais les Apôtres ne lâchaient pas Théroigne. C'était un bon sujet qui excitait sans cesse leur verve. Ils publiaient de prétendues lettres d'elle, adressées aux *Actes* et remplies d'allusions graveleuses. L'une d'elle est censée écrite à l'abbé Noël, rédacteur de la *Chronique de Paris*. Le post-scriptum est original : « Adieu, aimable abbé, je vous attends dans la semaine; M. Populus n'y sera pas. Ne m'écrivez plus de billets galants, vous me forcez à quitter l'ordre et le style du jour, ce que je ne fais jamais sans avoir des vapeurs [1]. »

1. *Actes des Apôtres*, nº 71.

Ailleurs, les *Actes*, rajeunissant une monotone plaisanterie, publient les bans du marquis de Saint-Hurugues, un grotesque ci-devant tombé dans la plus basse démagogie, et de « Madelon-Friquet-Dulcinée Théroigne de Mère-y-court[1]. » Voilà donc Populus supplanté dans le cœur de sa belle. Une note des Apôtres explique cette infidélité, et annonce que Populus, douze centième de souverain, a eu la santé fort dérangée en fréquentant « de perfides ennemies de la Révolution ». Il serait malséant de reproduire les détails pathologiques qui suivent. Mais Populus se rétablit, grâce aux pilules de Belloste, et les Apôtres tiennent à lui confier définitivement leur protégée. Ils publient un « grand récit du mariage national célébré au village de Suresnes, près Paris, entre Mgr Populus et demoiselle Théroigne de Mère-y-court, l'an II de la Constitution ». Ce « grand récit » est une fantaisie un peu chargée que nous reproduisons en partie, parce qu'elle donne une idée assez exacte du procédé des journalistes aristocrates. Tous les partisans de la Révolution y sont couverts de ridicule. Danton, « le petit maître Danton, ce mignon dont la figure efféminée fait tourner la

1. *Actes des Apôtres*, n° 98.

tête à toutes les femmes », aspirait, lui aussi, à la main de l'amazone populaire; mais une plus haute destinée était réservée à Théroigne : elle devait faire le bonheur du souverain Populus. Le jour du mariage est annoncé par soixante décharges d'artillerie dans les soixante districts de Paris. Tous les députés du côté gauche viennent à Suresnes, pour rehausser par leur présence l'éclat de la cérémonie. Un curé patriote donne la bénédiction nuptiale : « Allez, couple heureux, dit-il aux jeunes époux, couple constitutionnel, allez jouir de cette félicité que nos imbéciles aïeux n'ont jamais connue. Recevez, illustre membre du tout souverain, recevez des mains citoyennes de l'active Hébé cette fleur si rare, cette rose municipale, cet œillet organisé par la main de la Constitution, cette tulipe nationale sur laquelle nul pouvoir exécutif n'a jamais porté ses mains ministérielles. »

Les invités se pressent autour de la table du festin. Robespierre dit des couplets galants de sa façon ; une fête champêtre s'organise, deux cents bergers dansent un ballet, des naïades présentent aux époux des rubans tricolores. Tout à coup Brissot, membre du Comité des recherches, se précipite dans la salle, couvert de poussière, ruisselant de sueur. Il dénonce un complot royaliste qui doit porter la désolation au milieu de la fête patriotique. Tous pâlissent. Danton demande qu'on visite les caves. Roucher, le poète des *Mois*, exige qu'on pousse plus loin les perquisitions ; il rappelle que les Tarquins, voulant jadis renverser la République romaine, mirent un baril de poudre dans les latrines du Capitole. Robespierre ranime les courages chancelants. Les invités se déclarent en permanence. Un cliquetis de casseroles et d'assiettes cassées retentissant dans les cuisines fait frémir la compagnie. Sont-ce déjà les baïonnettes étrangères? Le député d'Arras cherche partout un drapeau rouge pour proclamer la loi martiale. Peine inutile, le drapeau a servi à envelopper un jambon. Robespierre se précipite, armé d'une broche, sur un âne qui broute paisiblement sur les berges de la Seine. Il croit voir un escadron de cavalerie allemande. L'âne, d'une forte ruade, porte atteinte à l'inviolabilité parlementaire.

Le tumulte est indescriptible. La chaste Théroigne s'enfuit épouvantée, abandonnant l'infortuné Populus, qui se console bientôt et inscrit sur une colonne de marbre ce quatrain peu galant :

J'aimais Théroigne et j'ai perdu son cœur.
Pendant trois jours mon âme en fut émue ;
Mais à la fin, jugeant mieux mon malheur,
Je vis que ce n'était qu'une fille perdue[1].

Cependant la procédure boiteuse du Châtelet suivait son cours. On ne tenait pas trop à trouver les vrais instigateurs des journées d'octobre. Le parti de la cour voulait surtout compromettre le duc d'Orléans et Mirabeau. Le Châtelet demanda à l'Assemblée nationale l'autorisation de les poursuivre. D'autre part, un décret de prise de corps (4 août 1790) était rendu contre quelques-unes des personnes qui, dans la longue procédure dont il a été parlé plus haut, avaient été désignées par les témoins. Sauf Théroigne, dont nous avons cherché à préciser le rôle d'après l'ensemble des dépositions, son amie Reine Leduc-Audu et le modèle d'atelier Nicolas, dit l'Homme à la Grande Barbe, le décret ne visait que des individus dont il donnait le signalement aussi vague qu'incomplet. « Même aussi un quidam milicien de la garde de Versailles, ayant les mains gercées et noires, les yeux noirs, fort peu de cheveux, âgé d'environ trente ans ; un quidam blond,

1. *Actes des Apôtres*, n° 110.

figure ovale, de la taille d'environ cinq pieds quatre pouces, vêtu d'un habit gris mêlé ; une quidam rousse, grande, ayant un tablier et tenant une faucille ; une quidam petite et brune de peau ; un quidam déguisé en femme, ayant des habillements de dessus fort dégoûtants et les jupons de dessous très blancs, etc. » C'était un décret de pure forme, inexécutable. Bientôt l'Assemblée, sur le rapport de Chabroud (30 septembre et 1er octobre 1790), déclara qu'il n'y avait pas lieu d'informer contre Mirabeau et le duc d'Orléans. Les autres inculpés ne furent pas poursuivis davantage, sauf Reine Leduc-Audu, arrêtée le 22 septembre 1790 et bientôt rendue à la liberté. Le *Journal général* du 10 août avait annoncé l'arrestation de Théroigne, à Nancy, déguisée en cavalier de la maréchaussée. Pour se faire oublier, la belle Liégeoise partit pour la Belgique. Le club des Jacobins l'envoyait révolutionner le Brabant avec Bonne-Carrère, l'ami de Dumouriez, l'un des secrétaires de la Société.

IV

Théroigne en Belgique. — Son arrestation. — Sa captivité à Kuffstein (1791). — Les bijoux engagés et le baron de Sélys.

Était-ce bien une mission politique dont Théroigne avait été chargée en Brabant, dans ce pays sur lequel les patriotes français, à la suite de Camille Desmoulins, tenaient l'œil ouvert, ou bien les amis de la belle Liégeoise voulaient-ils simplement lui faire changer d'air après l'instruction du procès d'octobre? L'éloignaient-ils pour l'empêcher de se compromettre et de les compromettre? C'est probable. En tout cas, Théroigne se rendit dans son pays, qu'elle n'avait jamais oublié, à Durbuy, chez un parent, puis à Marcourt, où elle s'était rappelée au souvenir de tous par son inépuisable charité. On la reçut avec les égards dus à une femme célèbre dont le nom remplissait les gazettes. Ses toilettes, ses bijoux, surtout sa beauté et sa grâce, tournèrent toutes les têtes. Elle commença à fanatiser par ses discours révolutionnaires la jeunesse des environs, au point d'être en butte aux insultes quotidiennes des aristocrates. Le garde champêtre de Marcourt, ancien dragon autrichien, la menaça un jour de son sabre, en lui disant : « Je t'apprendrai, scélérate, à respecter les têtes couronnées ![1] » Elle enseignait aux jeunes paysans des chansons patriotiques, se vantant, paraît-il, d'avoir arrêté la reine dans la nuit du 6 octobre, au moment où elle se sauvait, et songeant même à fonder un journal républicain[2]. Dans une lettre en date du 16 octobre 1790, publiée par M. de Stassart dans le *Bulletin du bibliophile belge*[3], et adressée à Perregaux, Théroigne le remercie de lui avoir envoyé la procédure du Châtelet, et le prie de remettre des fonds à son frère resté à Paris, pour qu'il puisse lui expédier ses effets en Belgique. A la fin de 1790, elle se rendit à Liège, théâtre plus digne de ses exploits, et s'installa un moment à l'hôtel du « Saint-Esprit cou-

1. Récit du curé d'Orch.
2. Th. Fuss.
3. T. VII, p. 461.

ronné sur Meuse ». Une autre lettre, datée de Liège le 2 décembre 1790[1], nous la montre très au courant des affaires de Belgique et de Paris, suivant de fort près dans les journaux les événements parlementaires. Elle se félicite, en femme qui connaît le personnel, de la nomination de Duport-Dutertre au ministère de la justice, et annonce à son correspondant parisien les mésaventures de Van der Noot, le ci-devant libérateur du peuple brabançon, obligé de fuir pour échapper à la vengeance des patriotes qu'il a trompés.

Théroigne fréquentait les patriotes liégeois et surtout leur chef Dotrenge, qui, dans une lettre du 6 janvier 1792, adressée à M. de Chestret[2], parle d'elle avec une sympathie voisine de l'admiration. Elle profita aussi de son séjour au pays natal pour nouer quelques relations avec l'aristocratie locale, et en particulier avec le baron de Sélys, sur les terres de qui était né le père Terwagne. Le baron de Sélys accueillit, avec une faveur inspirée sans doute par la curiosité autant que par un

1. Collection de M. Lefebvre. Lettre citée par MM. de Goncourt.

2. Lettre publiée par M. Gachard, dans le *Bulletin de l'Académie de Belgique*, XXXIIIe année, tome XVIII, n° 11.

vague désir de ménager les représentants des idées nouvelles, la célèbre aventurière qu'il avait connue petite fille. Il la reçut dans son château de Fanson, à l'instigation du comte de Maillebois, agent principal des princes français émigrés, qui croyait avoir intérêt à ménager et à même gagner la prétendue complice du duc d'Orléans. M. de Sélys, dans sa correspondance[1], fait valoir cette hospitalité comme un service rendu « à la bonne cause ». La baronne de Sélys, plus jeune que son mari de vingt ans, et appartenant d'ailleurs à une famille libérale, semble être éprise de Théroigne, vers qui l'attirait l'attrait d'une réputation brillante, d'un rôle politique mystérieux, enflé par les mille voix de la Renommée. La belle Liégeoise s'installa bientôt à la ferme de la Boverie, près de Liège. Pressée de besoins d'argent, elle engagea au Mont-de-Piété de cette ville ceux de ses bijoux qu'elle n'avait pas laissés au Mont-de-Piété de Paris. Il sera question de ces bijoux tout à l'heure.

Mais les Autrichiens ne pardonnaient pas à l'amazone du 6 octobre, à l'ennemie de Marie-Antoinette, qui venait les braver chez eux et exciter

1. Lettre du baron de Sélys à son médecin, M. de Limbourg, auteur des *Amusements de Spa*. Citée par M. J. Demarteau (voir plus bas).

l'insurrection en Brabant. Aussi quand, en janvier 1791, ils rentrèrent à Liège pour y restaurer le prince-évêque chassé par les Liégeois, formèrent-ils le dessein de se venger de Théroigne. Une lettre de Mercy-Argenteau, alors ministre plénipotentiaire de l'empereur aux Pays-Bas, au vieux prince de Kaunitz, à la date du 6 février 1791, indique les préparatifs de l'enlèvement. « Il nous arrive des prédicateurs, dit Mercy... Le nommé Carra, ennemi de toute autorité, est dans le pays; je le fais guetter. On m'annonce aussi la nommée Théroine (*sic*) de Méricourt, qui était à la tête des ennemis de la Reine dans les journées des 5 et 6 octobre. Elle doit se trouver dans la province de Luxembourg et entretenir des correspondances avec nos enragés, avec ceux de Paris et de Liège. Un Français muni de bonnes lettres de recommandation est venu me demander la permission de l'enlever secrètement, elle et ses papiers; j'y ai donné la main, et j'en fais soutenir l'expédition par une escouade de la maréchaussée. Si la capture se fait, on la conduira à Fribourg, pour y attendre ce qui sera décidé à son égard[1]. »

1. Pièce des archives de Bruxelles, publiée par le *Bulletin de l'Académie de Belgique*. t. XVIII, nº 11.

Dans la nuit du 15 au 16, les soldats de l'empereur, guidés par un agent de la cour, cernèrent la ferme de la Boverie, s'emparèrent de Théroigne et la dirigèrent vers la forteresse de Kuffstein, en Tyrol, où deux ans plus tard devait être incarcéré à son tour, comme prisonnier de guerre, l'aréonaute Blanchard[1]. Le *Journal général*[2] annonçait la nouvelle en ces termes : « La bien-aimée de Populus, la confidente de Mirabeau, la fameuse Théroigne, a été arrêtée près de Luxembourg et conduite à Vienne, en Autriche. On assure que le club des Jacobins va menacer l'empereur d'une armée de cinq cent mille gardes nationaux dans le cas qu'il refuse de rendre cette héroïne, parce qu'il importe à ses principaux membres qu'elle ne trahisse pas leurs secrets. »

Les frères de Théroigne, qui habitaient alors avec elle, surpris de cet enlèvement qu'ils attribuaient, soit à un amoureux parisien désireux de reconquérir la belle Liégeoise, soit au gouvernement français, crurent d'abord leur sœur ramenée à Paris. L'un d'eux écrivit au banquier Perregaux pour lui demander son intervention. Mais le *Mo-*

1. *Moniteur* du 24 mai 1793.
2. *Journal général* du 28 février 1791.

niteur, dans son numéro du 10 avril 1791, publiait une correspondance de Vienne du 10 mars, qui établissait la vérité. « On parle d'un prisonnier d'État que l'on vient d'amener à Vienne. On présume qu'il arrive des Pays-Bas ou de Bruxelles. Le bruit court que cette personne est une femme qui s'est fait remarquer en France pendant la Révolution. On l'appelle Théroigne de Méricourt. On tient à ce sujet d'étranges propos. On présume que cette demoiselle était impliquée dans la procédure commencée à l'ancien Châtelet de Paris sur les journées ténébreuses des 5 et 6 octobre 1789, et, qu'ayant pris la fuite, l'empereur a eu le droit de la faire saisir dans ses États, et que Sa Majesté a le droit de la faire juger par ses tribunaux et même de la faire condamner au dernier supplice. Cette absurdité révoltante ne mérite point qu'on la combatte. Il serait ignominieux pour les sujets de l'empereur de soupçonner même Sa Majesté d'être coupable d'un attentat où l'indignité s'allierait à la barbarie. »

Les royalistes triomphèrent en apprenant l'arrestation de Théroigne. Ils annoncèrent même sa mort dans une chanson d'un goût parfait :

Écoutez, grande nation,
Et prêtez grande attention :

La demoiselle Théroigne
Vient d'attraper un coup de peigne
Qui défrise ses grands projets.
Hélas! c'étaient de grands forfaits!

Au libre pays de Fribourg,
La donzelle faisait un tour.
Voilà que deux aristocrates,
Voulant épanouir leurs rates,
Lui mettent la main au collet:
La voilà prise au trébuchet.

La drôlesse, dans ce moment,
Leur dit : Messieurs, probablement
Vous voulez un certain service;
Laissez-moi quitter ma pelisse.
— Non, lui dit-on, trêve d'amour,
Vous serez pendue haut et court.

Et tandis que nous devisons
Avec nos petites chansons,
Autour du cou de la donzelle,
Un bourreau tourne une ficelle.
Pleurez, malheureux Populus,
Car votre maîtresse n'est plus[1]!

Les Apôtres chantaient trop tôt victoire. Cependant les frères de Théroigne, ne recevant pas de réponse de Perregaux et sachant que leur sœur avait été conduite non à Paris, mais en Au-

1. *Actes des Apôtres*, nº 257.

triche, soupçonnèrent leur voisin le baron de Sélys d'avoir prêté la main à l'enlèvement. Les Terwagne n'étaient pas gens qu'on pût dédaigner. Ils menaient probablement grand bruit des liaisons politiques de leur sœur avec les plus illustres révolutionnaires de Paris. Il semble qu'ils aient fait un peu chanter le baron. Celui-ci accorda un premier secours au frère aîné, qui revint à la charge en demandant au châtelain de Fanson de retirer au Mont-de-Piété de Liège un collier de diamants engagé par Théroigne. Sélys s'y refusa. Mais sa femme s'intéressait vivement, pour motifs politiques ou autres, à la prisonnière de Kuffstein. Une lettre d'affaires, adressée plus tard par le baron au banquier Perregaux, donne sur cette intervention de Mme de Sélys de curieux détails :

« ... Sur la fin de l'année 1791, madame, dit-il, ayant été à Liège, put voir ce collier (étant de connaissance avec les propriétaires du Mont-de-Piété), et à la prière du sieur Théroigne elle voulut bien le dégager. Mais comme le sieur Théroigne ne put produire la reconnaissance, madame dut fournir une caution de reproduire le collier au Mont-de-Piété, si on venait le répéter la reconnaissance à la main. J'appris à mon retour d'un voyage que le collier était retiré et chez moi, ce qui ne me fit guère de plaisir. A quelques semaines de là, le sieur Terwagne, ayant reçu trois reconnaissances du Mont-de-Piété de Paris pour deux boucles d'oreilles et une bague, me fit de nouveau solliciter de vouloir aussi les retirer, sinon qu'ils seraient vendus. J'eus beaucoup de peine à m'y prêter; mais comme il me demandait instamment de nouveaux secours que je lui avançais gratuitement, enfin je me chargeai des trois reconnaissances... [1] »

Bientôt, soit par désir de rentrer dans ses fonds, soit par peur des frères Terwagne, soit même par goût pour cette intrigante petite personne, le baron de Sélys s'occupa de la faire délivrer. Il servit de secrétaire à ces frères terribles, et reçut sous son couvert les lettres de la prisonnière, gardant copie des lettres et des réponses. Un érudit belge, le rédacteur en chef de la *Gazette de Liège*, M. Joseph Demarteau, a reçu de la famille de Sélys communication de ces documents et les a publiés [2]. Dans une première lettre écrite dès son

1. Lettre de M. de Sélys à Perregaux, publiée par M. J. Demarteau.

2. J. Demarteau : *Théroigne de Méricourt, lettres iné-*

arrivée à Kuffstein, Théroigne raconte comment elle a été arrêtée au milieu de la nuit par trois hommes : deux officiers français et un officier autrichien. Elle demande à être mise en présence de l'empereur, se plaignant de son arrestation arbitraire, qu'elle attribue à des dénonciations envoyées au prince-évêque de Liège par le curé de son village ou par quelques seigneurs dédaignés par elle. La lettre est fort habile. Théroigne cherche à apitoyer ses geôliers, disant qu'elle crache beaucoup de sang. Toujours bonne sœur, elle engage son frère à travailler. Dans une seconde lettre, à la date du 26 juin 1791, Théroigne dit que ses gardiens ont des égards pour elle et recommande qu'on paye les petites dettes qu'elle a laissées à la Boverie. Une note, ajoutée sans doute pour intéresser à son sort ceux sous les yeux de qui passe sa correspondance, dit qu'elle est de plus en plus malade. Une troisième lettre, du 29 juillet, est pleine de sollicitude pour ses frères, surtout pour le petit. Elle s'informe si on a été obligé de vendre son piano et si on a trouvé un paquet qu'elle a oublié lors de son ar-

dites, prisons et bijoux. Publié dans la *Revue générale belge*, en décembre 1882, et tiré à part.

restation nocturne, contenant des robes, cinq volumes de lettres de Senèque et trois volumes de Mably. « Étudiez jour et nuit, » dit-elle à son jeune frère.

Une correspondance si sensée dut faire bien noter la prisonnière de Kuffstein. Elle ne pouvait songer à sortir que par la bonne volonté de ses gardiens de cette forteresse imprenable, assise au haut d'un roc inaccessible sur la rive droite de l'Inn, à quatorze lieues d'Insprück. Pendant que Théroigne méditait dans son cachot sur les inconvénients de la popularité, ses ennemis ne cessaient pas de la poursuivre de leurs railleries. Le *Journal général* du 11 août 1791 publiait un entrefilet dans lequel Théroigne était censée réclamer auprès de Populus un « décret virulent contre l'empereur qui a osé violer dans sa personne les droits de l'homme. Comme, par la longue privation qu'elle éprouve de tout ce qui pourrait nourrir son patriotisme, il commence tellement à se refroidir qu'elle doute déjà si l'insurrection est le plus saint des devoirs, elle invite son bien-aimé à venir incessamment la joindre dans la tour du Tyrol, où elle lui ménagera un tête-à-tête délicieux ».

Pourtant, la captivité de Théroigne se relâchait. Le 15 septembre 1791, elle écrivait : « Je ne puis rien dire, si ce n'est que mes affaires ne sont pas encore finies, que je ne suis pas encore libre et qu'on me traite fort bien. Je ne suis plus en prison ; je suis dans une maison particulière où l'on a tous les égards possibles pour moi. Je puis me promener partout, aller même dans les endroits publics, accompagnée. Je crois même qu'on m'y laisserait aller seule sur ma parole. » Théroigne dit à son correspondant, sans doute Perregaux, de faire vendre ses diamants, « qui la ruinent en intérêts », et d'envoyer vingt louis à son frère. Elle espère qu'on « ne surprendra pas la religion de l'empereur et que la vérité et la justice triompheront [1] ».

En réalité, l'empereur Léopold s'intéressait à cette jolie personne, accusée seulement d'avoir manqué de respect à sa sœur Marie-Antoinette. On sait que Léopold, pas plus que Joseph II, n'avait pas pour la reine de France, en dépit des liens du sang, une estime excessive. On lit dans une correspondance adressée de Vienne au *Moniteur*, le 29 octobre 1791 : « M. de Plauk, chargé des informations sur la fameuse Mlle Théroigne

1. Lettre de la collection d'autographes de Goncourt.

de Méricourt, toujours enfermée à Kuffstein, sous prétexte d'attentats commis contre la reine de France, vient d'arriver ici. Il a remis à l'empereur le protocole des interrogatoires et procédures. Il en résulte qu'on paraît avoir beaucoup trop légèrement arrêté cette demoiselle, et que les accusations portées contre elle n'ont aucun fondement [1]. »

Léopold manda immédiatement Théroigne à Vienne (fin octobre) et ordonna sa mise en liberté (novembre). Il la fit conduire en poste à Bruxelles, aux frais de sa cassette [2].

Les journaux monarchistes de Paris furent vite au courant de cette solution. Voici en quels termes le *Journal général* l'annonçait à ses lecteurs :

« La crapuleuse créature qui se fait appeler Théroigne de Méricourt est maintenant à Bruxelles. Elle s'est présentée chez le respectable ministre de Metternich. Sa barbare audace n'a pas diminué dans les cachots d'où elle sort. L'apparition de cette charogne ambulante indigne

1. *Moniteur* du 16 novembre 1791.

2. Correspondance de Vienne, en date du 3 décembre, insérée au *Moniteur* du 22 décembre 1791.

tous les honnêtes gens de ce pays. Elle loge à l'enseigne de l'*Homme sauvage*, qui jamais ne fut aussi sanguinaire qu'elle [1]. »

1. *Journal général* du 15 décembre 1791.

V

Théroigne à Paris, en 1792. — Le 20 juin.
Le 10 août.

Théroigne revint à Paris en triomphatrice, avec l'auréole du martyre. Elle s'installa rue de Tournon, dans l'illustre district des Cordeliers, et réunit de nouveau chez elle, par l'attrait de sa grâce et le prestige de son civisme, ses anciens familiers de l'hôtel de Grenoble, députés et journalistes. Les finances épuisées de celle que Lamartine appelle, avec plus de romantisme que de justice, « la Jeanne d'Arc impure de la place publique », avaient peine à soutenir un train de maison si lourd. Il ne restait guère plus à l'actif que la rente Persan. Perregaux, le banquier et l'ami, était toujours sollicité de faire des avances[1]. Pourtant, les réceptions de la rue de Tournon étaient brillantes, fréquentées par la société la plus choisie. L'auteur des *Souvenirs de la Terreur,* le vaudevilliste Georges Duval, nous a laissé sur Théroigne une page singulière. « C'était, dit-il, la duchesse de Montpensier du ruisseau. Ainsi que la méchante et vindicative sœur des Guise, dont l'hôtel était précisément situé dans cette rue de Tournon, Théroigne n'avait rien à refuser à quiconque lui promettait de ressaisir le poignard de Jacques Clément. » On sait ce qu'il faut penser de ces *Souvenirs* écrits après coup, en pleine réaction. Georges Duval ne dit-il pas que la belle Liégeoise, qui avait trouvé Mirabeau trop corrompu, était liée à ce moment-là avec le fameux marquis de Sade? Il prétend tenir le fait de Sade lui-même, qu'il aurait vu en 1812 à la table de l'abbé Decoulmiers, directeur de Charenton. Or, à la fin de la Législative, le marquis de Sade se cachait pour éviter des poursuites judiciaires, et ne sortait pas de sa retraite, ainsi que l'établissent les pièces du procès de Jean-Joseph Girouard,

1. Lettres du 15 janvier 1792, de la collection d'autographes de M. Fossé d'Arcosse.

libraire, éditeur de la *Gazette de Paris* de Durosoy, de divers pamphlets royalistes et des écrits licencieux où se complaisait l'imagination malade de l'arrière-petit-fils de Laure de Noves.

Théroigne, plus que jamais en butte aux attaques de la presse royaliste, était devenue une puissance, de par la souveraine autorité de la mode. Le *Journal général* (6 mars 1792) annonce la mise en vente de cartes à jouer à l'usage des cafés patriotes, où la belle Liégeoise figure comme dame de pique entre le duc d'Orléans en roi et Santerre en valet. Des caricatures d'une rare indécence, avec des légendes obscènes qu'on ne peut reproduire, montraient à tous les coins de rue les « caillettes de la Révolution », Théroigne entourée de Mme de Staël, de Mme de Condorcet, de Dondon Picot (Mme Charles de Lameth), mettant sur le même pied la demi-mondaine et les plus illustres femmes politiques du temps. Il est vrai que les gens bien élevés du parti royaliste, Rivarol et ses émules, ne se gênaient guère vis-à-vis des femmes. Les Apôtres ne représentent-ils pas (nº 20) Mme de Montmorency s'oubliant dans son antichambre entre les bras d'un valet de pied, et Mme de Lameth, chez le baigneur Albert, « débarrassant ses charmes du corset rose destiné à les soutenir », et s'apercevant à certaines démangeaisons qu'elle a pris la gale au contact des députés de la gauche? (N° 175.)

Le mercredi 1er février 1792, Théroigne vint au club des Jacobins, présidé ce jour-là par Guadet, lire un récit de ses aventures en Belgique et de sa captivité à Kuffstein. Elle manifesta l'intention de publier ce mémoire, intention qu'elle n'a malheureusement pas réalisée. Lanthenas, à qui Guadet céda le fauteuil, prit la parole pour féliciter la belle Liégeoise. Il rappela que la Société des Amis de la Constitution s'était toujours distinguée par un vif intérêt pour les souffrances des martyrs de la liberté. « L'amour de la liberté, placé par la nature dans tous les cœurs, vous fit, lui dit-il, dès le commencement, chérir notre glorieuse Révolution. Vos sentiments vous ont attiré des persécutions. C'est un titre certain à notre estime. Votre exemple montre à tous les amis de la liberté la puissance de cette résistance passive, qui est fondée sur l'élévation de l'âme, et par laquelle les individus les plus faibles ont si souvent fait pâlir les tyrans. Citoyenne courageuse, racontez dans les grandes assemblées que l'intérêt public réunit ce que vous avez fait et souffert pour la liberté, comme vous venez de le faire dans celle-ci. Et croyez que partout où seront des cœurs français, vous aurez fait quelque chose d'utile pour l'avancement de la liberté universelle. »

Manuel, prenant la parole après Lanthenas, s'écria : « Vous venez d'entendre une des premières amazones de la liberté. Elle a été martyre de la Constitution. Je demande que, présidente de son sexe, elle jouisse des honneurs de la séance[1] ».

C'est cette séance que le *Journal général* du 3 février 1792 résumait ainsi : « Théroigne a paru ces jours-ci aux Jacobins, où un membre lui a adressé un compliment très poli et très tendre, accompagné de gestes analogues. »

Ce n'était pas seulement dans les clubs ou dans son salon que l'ardente propagatrice des idées révolutionnaires développait ses théories. Elle ne dédaignait pas de prendre la parole en pleine rue, invitant les citoyens à déjouer les menées des agents de l'étranger. Le mardi soir 14 février 1792, les journaux nous la montrent discourant devant la boutique de Desenne, le cé-

1. *Journal des Débats et de la Correspondance de la Société des amis de la Constitution,* 4 février 1792.

lèbre libraire du Palais-Royal. Le vendredi 17, toujours au Palais-Royal, centre de la vie politique, elle serre la main aux patriotes du camp des Tartares, et, voyant des caricatures antipatriotiques affichées à l'auvent d'une marchande de journaux, elle lui interdit d'exposer dorénavant ces dessins royalistes. Le *Journal général* (19 février 1792) imagine plaisamment une lutte entre la belle Liégeoise et la marchande, celle-ci brandissant un chandelier, celle-là s'enfuyant en laissant une pantoufle sur le champ de bataille.

Mais il faut voir dans l'héroïne du 6 octobre autre chose que la femme exaltée, amie des manifestations bruyantes. Son esprit s'était orné par une abondante lecture et affiné au contact des hommes éminents dont elle s'entourait depuis trois ans. MM. de Goncourt ont très bien indiqué tout un côté de son rôle politique, en disant : « Théroigne était dans la Révolution le parti de la femme. Dans le déchaînement de la liberté, elle appelait la femme à l'émancipation. Elle demandait que l'héroïsme lui fît des droits. » Le 25 mars 1792, la mère des Vésuviennes de 1848, dans un discours prononcé à la Société fraternelle des Minimes, place des Vosges, à l'occasion de la remise d'un drapeau aux citoyennes du faubourg Saint-Antoine, indiquait en termes passionnés et éloquents le rôle de la femme en politique :

« Citoyennes, disait-elle, n'oublions pas que nous nous devons tout entières à la Patrie, qu'il est de notre devoir le plus sacré de resserrer entre nous les liens de l'union, de la confraternité, et de répandre les principes d'une énergie calme, afin de nous préparer avec autant de sagesse que de courage à repousser les attaques de nos ennemis. Citoyennes, montrons aux hommes que nous ne leur sommes inférieures ni en vertus ni en courage. Montrons à l'Europe que les Français connaissent leurs droits et sont à la hauteur des lumières du XVIIIe siècle. On va mettre en avant les aboyeurs, les folliculaires soudoyés, pour essayer de nous retenir en employant les armes du ridicule, de la calomnie, et tous les moyens bas que mettent ordinairement en usage les hommes vils pour étouffer les élans du patriotisme dans les âmes faibles... Françaises, je vous le répète encore, élevons-nous à la hauteur de nos destinées. Brisons nos fers ; il est temps, enfin, que les femmes sortent de leur honteuse nullité, où l'ignorance, l'orgueil et l'injustice des hommes les tiennent asservies depuis si longtemps. Replaçons-nous au temps où nos mères les Gauloises et les fières Germaines délibéraient dans les Assemblées publiques, combattaient à côté de leurs époux, pour repousser les ennemis de la liberté. Françaises, le même sang coule dans nos veines. Ce que nous avons fait à Versailles, les 5 et 6 octobre, prouve que nous ne sommes pas étrangères aux sentiments magnanimes. Reprenons donc notre énergie, car si nous voulons conserver notre liberté, il faut que nous nous préparions à faire les choses les plus sublimes... Citoyennes, pourquoi n'entrerions-nous pas en concurrence avec les hommes ? Prétendent-ils seuls avoir droit à la gloire ?... Et, nous aussi, nous voulons mériter une couronne civique et briguer l'honneur de mourir pour une liberté qui nous est peut-être plus chère qu'à eux, puisque les effets du despotisme s'appesantissaient encore plus durement sur nos têtes que sur les leurs.

« Aussi, généreuses citoyennes, vous toutes qui m'entendez, armons-nous, allons nous exercer deux ou trois fois par semaine aux Champs-Élysées ou au Champ de la Fédération. Ouvrons une liste d'amazones françaises, et que toutes celles qui aiment véritablement leur patrie viennent s'y inscrire.... En finissant, qu'il me soit permis d'offrir un étendard tricolore aux citoyennes du faubourg Saint-Antoine. »

Cette idée d'organiser en bataillon les femmes de Paris, les héroïnes des 5 et 6 octobre, avait été déjà mise à exécution par Théroigne. Le dimanche 11 mars 1792, elle avait convoqué au Champ de Mars un certain nombre de citoyennes, s'il faut en croire le *Journal général,* qui dit plaisamment : « Le feu martial que la bourrique des Jacobins, la demoiselle Théroigne, a mis dimanche passé à commander les évolutions aux dames de la Halle fut si vif, que les moustaches de la demoiselle se décollèrent. Récompense honnête à qui les remettra à cette demoiselle ou au sieur Basire, son tenant actuel[1]. »

Cette liaison de la belle Liégeoise avec le représentant Basire datait de quelques mois. Charles Basire, âgé de vingt-huit ans à cette époque, était né à Dijon en 1764. Nommé à l'Assemblée législative, il s'y signala par la fermeté de ses convictions, et fit partie, avec Chabot et Merlin de Thionville, de ce « trio cordelier » si souvent pris à partie par les royalistes. Le jeune député fut le pre-

1. *Journal général* du 14 mars 1792.

mier à dénoncer l'existence du comité autrichien, et il fit licencier à la fin de mai 1792 la garde constitutionnelle du roi, composée de bretteurs émérites, toujours prêts à un coup de main contre l'Assemblée. Basire fut réélu à la Convention, et il périt à trente ans, sur l'échafaud, avec Danton. Il avait, comme le grand patriote, toujours défendu la politique de clémence, sauvant des victimes au péril de sa vie, le 10 août et le 2 septembre.

Marchant, dans le numéro 65 de ses *Sabbats jacobites,* médiocre imitation des *Actes des Apôtres,* a publié une pièce intitulée *le Boudoir de Mlle Théroigne, intermède civique,* où Basire joue un rôle. C'est une scène assez plate, visiblement inspirée de la tragédie *Théroigne et Populus,* des *Actes.* Basire reproche à la belle Liégeoise les infidélités qu'il lui a faites avec Chabot et surtout avec Petion, à un banquet donné le 25 mars aux forts de la Halle par le faubourg Saint-Antoine, banquet auquel assistait le maire de Paris. La rapsodie est médiocrement intéressante, et on n'en peut guère citer que les indications de mise en scène. C'est le boudoir de Théroigne, une toilette encombrée de cosmétiques, de flacons d'odeur, de rouge végétal, pêle-mêle avec des poignards, des pistolets. L'*Almanach du père Gérard* traîne sur une table, entre un bonnet phrygien et un peigne à chignon, avec la *Chronique de Paris* de Condorcet et le *Courrier* de Gorsas. Les murs sont ornés « de plusieurs tableaux agréables », représentant l'assassinat de Foulon et de Berthier, l'exécution de Favras et les massacres de la glacière d'Avignon. Après avoir dépeint la scène, l'auteur de la *Jacobinéide* présente l'héroïne « en négligé le plus galant, pantoufles de maroquin rouge, bas de soie noire, jupon de damas bleu, pierrot de basin blanc, fichu tricolore, bonnet de gaze couleur de feu surmonté d'un pompon vert ». La caricature est un peu lourde.

Justement, au mois d'avril 1792, Théroigne, avec Collot d'Herbois, Tallien et Marie-Joseph Chénier, que les royalistes baptisèrent à ce propos Chénier-Théroigne[1], allait, à la tête d'une députation des Jacobins, inviter la municipalité à une fête donnée en l'honneur des Suisses de Châteauvieux, fête organisée par le peintre David, l'habile metteur en scène des solennités révolutionnaires[2]. Théroigne avait eu la première idée de cette cérémonie commémorative. Gorsas, dans

1. *Journal général* du 9 avril 1792.

2. *Deux amis de la liberté,* t. VII, p. 77. *Révolutions de Paris,* n° 142, p. 582.

un billet inédit (de l'ancienne collection Dubrunfaut), en date du 1er mars 1792, adressé au patriote Palloy, disait à son ami : « Mlle Théroigne désire te voir et causer avec toi, mon camarade. Ainsi donne-moi heure et jour pour que je l'accompagne chez toi. Elle veut particulièrement te parler d'une fête proposée pour Châteauvieux. » Beaulieu reproduit la pétition présentée à cette occasion à la municipalité parisienne. En voici un fragment : « De nombreux citoyens nous ont chargés auprès de vous d'une mission que nous remplissons avec confiance. Ils vous invitent par notre voix à être témoins de cette fête que le civisme et les beaux-arts vont rendre imposante et mémorable. Que les magistrats du peuple consacrent par leur présence le triomphe des martyrs de la cause du peuple[1]. » Cette pétition était signée de Marie-Joseph Chénier, Théroigne, David et Hion, ancien officier de la maison de la Du Barry, commissaire des guerres sous le Directoire et le Consulat.

Les événements d'août 1790 à Nancy, qui avaient fait mourir de douleur Élysée Loustallot, étaient encore présents à toutes les mémoires.

1. *Essais historiques*, t. III, p. 275.

Les officiers royalistes du régiment de Châteauvieux avaient provoqué une sédition en refusant de rendre compte de la masse dilapidée par eux. Le marquis de Bouillé intervint sous prétexte de rétablir l'ordre; la garde nationale de Nancy prit fait et cause pour les Suisses, et les régiments allemands à la solde de la cour se livrèrent à une répression effroyable. La fusillade dura plusieurs jours. Après le massacre, dont la cinquième strophe de la *Marseillaise* a consacré le souvenir en livrant le nom de Bouillé à l'éternelle exécration des patriotes, une cour martiale jugea les survivants : vingt-trois périrent sur la roue ou par le peloton d'exécution; quarante furent condamnés aux galères. Les royalistes, surprenant la bonne foi de l'Assemblée, obtinrent que les victimes de Bouillé seraient exceptées de l'amnistie de septembre 1791. En février 1792, la Législative, mieux instruite, décréta la mise en liberté des Suisses qui étaient au bagne de Brest. La ville de Brest fêta la délivrance de ces infortunés. A leur passage à Versailles, on leur donna une représentation de gala et un dîner de six cents couverts au petit Trianon. C'était la revanche du fameux banquet des gardes du corps du 2 octobre 1789. A Paris, la fête dont Théroigne et ses amis prirent l'initiative fut célébrée le 15 avril, malgré l'opposition de la municipalité et surtout de Lafayette, à qui sa conscience reprochait sans doute d'avoir donné le change à l'opinion au lendemain du massacre de Nancy. Les *Révolutions de Paris*[1] publient un compte rendu et un croquis de la cérémonie. Tous les royalistes crièrent au scandale, feignant de voir dans cette manifestation une atteinte à la discipline militaire. André Chénier, toujours rempli de fiel et ivre de réaction, attaqua la fête avec d'autant plus de passion que son frère était au nombre des organisateurs. Il protesta dans le *Journal de Paris*[2], adressant aux Suisses le singulier reproche d'avoir mis en doute le patriotisme de Bouillé avant sa trahison définitive. Le numéro du *Journal de Paris* du 15 avril, jour de la fête, contient la pièce de vers célèbre où le poète demande ironiquement qu'on place la galère des Suisses de Châteauvieux au rang des constellations, comme la chevelure de Bérénice, afin

> Que la nuit de leurs noms embellisse ses voiles,
> Et que le nocher aux abois
> Invoque en leur galère, ornement des étoiles,
> Les Suisses de Collot d'Herbois.

1. N° 145.
2. Numéro du 29 mars 1792, supplément.

A quelques jours de là, une scission nouvelle eut lieu au club des Jacobins entre l'élément jacobin pur et l'élément girondin. A la séance du 23 avril 1792, une discussion violente s'éleva entre Collot d'Herbois et Rœderer. Un incident assez curieux de cette séance prouve que dès lors Théroigne penchait vers les idées modérées. « Ce qui nous cause surtout une grande satisfaction, dit Collot d'Herbois dans sa réplique à Rœderer, c'est que ce matin, dans un café de la terrasse des Feuillants [1], Mlle Théroigne a arrêté qu'elle retirait son estime à M. Robespierre et à moi... »

« Rires universels, » ajoute le *Journal des Débats et de la Correspondance des amis de la Constitution*. Théroigne était là dans la tribune des dames, au côté gauche de la salle. Irritée de l'apostrophe de Collot et des rires de l'Assemblée, elle s'élança par-dessus la barrière qui la séparait de l'intérieur de la salle, quoi qu'on fît pour la retenir, et s'approcha du bureau avec des gestes très animés, insistant pour obtenir la parole. Le

1. Le café Hottot, rendez-vous des « boute-feux révolutionnaires, des femmes surtout », disent les *Deux amis de la liberté*. (T. VII, p. 74, note.)

2. Numéro du 25 avril 1792.

tumulte devint indescriptible. Le président Lasource dut se couvrir et suspendre la séance.

Cependant le parti de la cour voulait prendre sa revanche. Le roi se débarrassa des trois ministres girondins : Servan, Roland et Clavière (13 juin). Le 16, Lafayette écrivait à l'Assemblée une lettre violente, datée de son quartier général, dirigée contre les Jacobins, et une seconde lettre à Louis XVI, pour le pousser à la résistance. C'est alors que Danton et ses amis, malgré l'opposition de Robespierre, toujours ami des phrases et ennemi de l'action, résolurent de donner une leçon à la cour. Le 20 juin, ils firent envahir les Tuileries par les faubourgs armés. Théroigne était à la tête d'une colonne[1]. Elle poussait à la roue du canon qui fut hissé dans les appartements de Louis XVI[2].

Le mois de juillet se passa dans la fièvre. La journée du 20 juin avait humilié la royauté sans la réduire encore à l'impuissance. Suivant le mot de Michelet, « le 20 juin avertit l'incorrigible roi de l'ancien régime, le roi des prêtres; le 10 août renversa l'ami de l'étranger, l'ami de l'ennemi ».

Le 25 juillet, le duc de Brunswick, en publiant

1. Montjoye : *Histoire de la conjuration d'Orléans*, t. III, p. 177.

2. Th. Fuss.

au nom de l'Europe coalisée et des émigrés son insolent et imprudent manifeste, signa l'arrêt de déchéance, pour ne pas dire l'arrêt de mort, du prince qu'il prétendait servir. Les sections de Paris se déclarèrent en permanence, les fédérés marseillais et les faubourgs s'armèrent. La sanglante journée du 10 août vit la chute de la royauté.

Nous savons que Théroigne s'était prononcée pour la modération, se séparant des violents. Mais, devant le péril de la patrie, l'amazone du 6 octobre sentit la nécessité des résolutions viriles. Elle prit part à la lutte contre les Suisses, animant les patriotes du feu de son courage sous les balles ennemies. La lutte fut acharnée dans la cour du Carrousel, balayée par la mitraille. « Ce qui étonnait au milieu de ces scènes sanglantes, dit un témoin oculaire, c'était de voir les femmes et les enfants, les vieillards, que la curiosité seule attirait, se promener avec sécurité comme dans un temps de calme. Les femmes surtout n'offraient point sur leur visage les traits de la peur, et rarement l'expression de la sensibilité, tant l'injustice et la perfidie avaient lassé la patience du peuple[1] ».

1. *Moniteur* du 12 août 1792.

Mais un incident de la matinée, avant l'attaque du château, a surtout attaché le nom de la belle Liégeoise au souvenir du 10 août. Dans la nuit du 9 au 10, la garde nationale avait arrêté, aux environs des Tuileries et au bas des Champs-Elysées, des gens à l'allure suspecte, royalistes armés qui se disposaient à venir renforcer les Suisses. Ces personnes furent conduites à la section des Feuillants et enfermées au poste. Peltier raconte[1] qu'à huit heures et demie on amena à la section des Feuillants, présidée ce jour-là par Bonjour, ci-devant commis au ministère de la marine, un jeune homme de trente ans[2], arrêté sur la terrasse, en bonnet et en uniforme de garde national. La fraîcheur de son habit, l'éclat de ses armes, « la beauté de ses formes », dit Peltier, l'avaient fait remarquer. C'était Suleau, le royaliste bien connu, l'ancien condisciple de Camille, le rédacteur intempérant des *Actes des Apôtres,* celui qui dans ce journal avait si longtemps poursuivi Théroigne de ses sarcasmes outrageants, et dans le *Tocsin des rois* s'était montré l'adversaire acharné de la révolution de Liège. Suleau portait un ordre de

1. *Histoire de la Révolution du* 10 *août,* t. I., p. 149 et suivantes.

2. Suleau, né en 1757, avait trente-cinq ans.

Borie et Leroux, officiers municipaux. qui l'envoyaient « vérifier l'état des choses au château ». Le choix de l'émissaire était singulier. Théroigne passait à ce moment-là sur la terrasse des Feuillants, en veste bleue, la cocarde nationale à son chapeau rond orné de plumes tricolores, deux pistolets à la ceinture, le sabre au côté.

Elle entra au poste, attirée par le bruit, et demanda la nomination d'une commission pour juger les détenus. Le président Bonjour eut le tort de ne pas les prendre sous sa sauvegarde. L'abbé Bouyon, auteur dramatique, Solignac et Vigier, anciens gardes du corps, furent massacrés. Suleau avait été désarmé. Une plieuse des *Actes des Apôtres* le signala à Théroigne, qui se précipita sur lui. Suleau, dit Peltier, « se débat comme un lion entre vingt furieux. Il parvient, dans la mêlée, à s'emparer d'un sabre ; il frappe, il se fait jour. Il allait percer Théroigne ; on le saisit, il est mis hors d'état de défense, entraîné dans la cour et taillé en pièces ».

Peltier établit lui-même la fausseté de la légende d'après laquelle Théroigne aurait tué de sa main Suleau désarmé. Beaulieu[1] lui rend le même

1. *Essais historiques*, t. III, p. 171.

témoignage. Après avoir vu venger par la mort du hardi journaliste et les patriotes brabançons et son honneur de femme, la belle Liégeoise se précipita au milieu des Marseillais qui forçaient la grille du Carrousel. Elle y paya bravement de sa personne; les fédérés devaient lui décerner bientôt, pour son courage, une couronne civique [1].

A cette date fameuse, il est bon de citer un autre portrait de Théroigne, donné par Beaulieu : « A la fin de sa carrière, dit-il, elle avait absolument perdu toutes ses grâces. Elle était couperosée, livide, décharnée. Enfin, elle fut l'image ambulante de la Révolution. Brillante dans ses commencements, énergumène dans son cours, dégoûtante de fange et de sang après le 10 août [2] ».

Tous les contemporains démentent ce portrait romanesque, encore plus faux que malveillant. Le royaliste Beaulieu, qui connaissait Théroigne mieux que personne, s'y dément du reste lui-même. On sent qu'il écrit ces lignes pour placer une comparaison à effet. Il a sacrifié la vérité et même la vraisemblance à une amplification de rhétorique.

1. *Moniteur* du 3 septembre 1792.
2. *Essais historiques*, t. II, p. 54.

VI

Appel à la conciliation (août 1792). — Le rôle pacificateur des femmes. — Lutte de la Montagne et de la Gironde. — Théroigne fouettée et folle (mai 1793).

Le 10 août porta les Girondins au pouvoir. Ils entrèrent de plain-pied dans le nouveau ministère, laissant seulement aux Cordeliers le portefeuille de la justice, que Danton garda deux mois (10 août-9 octobre 1792). Théroigne avait rompu dès le mois d'avril avec les robespierristes. Elle se sentait attirée vers le parti au pouvoir par l'amitié déjà ancienne qui la liait à Brissot et par son goût très déterminé pour les orateurs de la Gironde, hommes d'imagination, au tempérament si féminin. Sa participation à la bataille des Tuileries, la couronne que lui décernèrent les Marseillais vainqueurs l'avaient encore rapprochée de ceux à l'appel de qui les fédérés marseillais s'étaient rendus à Paris. Mais l'héroïne d'octobre et d'août ne renonçait pas à son idée de faire collaborer les femmes à la Révolution. Nous avons vu ses premières tentatives assez malheureuses pour recruter des bataillons d'amazones républicaines. Elle comprit bientôt que le rôle de la femme n'était pas de faire concurrence aux hommes dans les luttes de la rue, mais plutôt d'user de son ascendant naturel pour faire l'union dans les esprits, pour exciter les courages et relever les cœurs en présence de l'invasion. On se rend compte de cette transformation en lisant un placard adressé par elle aux quarante-huit sections[1] et publié à la fin d'août 1792, ainsi qu'il est facile de voir, quoiqu'il ne soit pas daté, à l'allusion qu'il contient au ruban tricolore tendu, du 28 juillet au 10 août, entre le jardin des Tuileries et la terrasse des Feuillants, pour séparer le territoire autrichien du territoire français. Théroigne, dans cette affiche, montre avec l'éloquence qui part du cœur les dangers que font courir à la France les agents

1. Affiche sur papier gris ardoise, de 40 centimètres sur 50 de haut, imprimée à Paris, chez Dufort, rue Saint-Honoré, près de Saint-Roch. (*Bibliothèque nationale.* L. b. 41, 4940.)

de l'empereur, occupés à semer des germes de discorde entre les citoyens, à préparer la guerre civile et à jouer dans les clubs le rôle d'agents provocateurs au moment où Brunswick menace nos frontières. Le danger excite son patriotisme et décuple son amour pour cette France qu'elle a choisie comme patrie d'adoption. Elle déplore que des rixes aient éclaté dans quelques sections. « Soyons attentifs, citoyens, dit-elle, et examinons avec calme quels sont les provocateurs, afin de connaître nos ennemis. Malheur à vous, citoyens, si vous permettez que de semblables excès se renouvellent... Tenez-la bien ferme, cette démocratie ; qu'elle ne puisse jamais vous échapper. Déjouez les intrigues par votre droiture, votre justice et votre sagesse... Citoyens, arrêtons-nous et réfléchissons, ou nous sommes perdus. Le moment est enfin arrivé où l'intérêt de tous veut que nous nous réunissions, que nous fassions le sacrifice de nos haines, de nos passions, pour le bien public. Si la voix de la patrie, la douce espérance de la fraternité n'ébranlent point nos âmes, consultons nos intérêts particuliers. Tous réunis, nous ne sommes pas trop forts pour repousser nos nombreux ennemis du dehors et ceux qui ont déjà levé l'étendard de la rébellion. »

Théroigne rappelle ses souvenirs de captivité en Autriche. On l'a interrogée sur le compte des patriotes de toutes nuances, ne lui laissant pas ignorer qu'une fois la sédition des Français vaincue, tous les partisans du régime nouveau, tous ceux qui ont pris part une heure à la Révolution seraient indifféremment massacrés ou proscrits. « J'ai ouï dire mille fois, dit-elle, par ceux qui me voulaient faire déposer contre les patriotes (à Kuffstein) qu'il fallait exterminer la moitié des Français pour soumettre l'autre... Le danger va nous réunir, et nous saurons montrer ce que peuvent des hommes qui veulent la liberté et qui agissent pour la cause du genre humain. Nous marcherons tous, riches ou pauvres. Nous voulons la liberté, nous la défendrons jusqu'à la dernière goutte de notre sang... » Et la belle Liégeoise, l'esprit hanté par les souvenirs de l'histoire romaine, indique à ses compagnes un rôle de pacification et de conciliation. « Des femmes romaines ont désarmé Coriolan et sauvé leur pays... Je propose qu'il soit nommé dans chaque section six citoyennes les plus vertueuses et les plus graves par leur âge pour concilier et réunir les citoyens, leur rappelant les dangers de la patrie. Chaque fois qu'il y aura assemblée générale de section, elles s'y rassembleront pour rappeler à l'ordre tout citoyen qui s'en écarterait, qui ne respecterait pas la liberté des opinions, chose si précieuse pour former un bon esprit public. » Dans l'esprit de Théroigne, ces magistrats féminins devaient rendre à la cause démocratique les plus réels services. Dans les réunions, aucun bon citoyen ne manquerait de céder à leurs observations. Ceux qui, malgré elles, continueraient à interrompre les débats, à insulter les orateurs, à provoquer du tumulte, seraient vite reconnus comme agents de la cour ou de l'étranger et traités comme tels. En dépit de son caractère un peu étrange en un pays qui plaça la loi salique à la base de ses Constitutions et qui trouve volontiers ridicules les femmes sortant de leur intérieur pour s'adonner à la politique, cette idée de Théroigne de faire exercer par les femmes une sorte de magistrature de conciliation était au moins généreuse. La belle Liégeoise voulait charger les mêmes déléguées de l'inspection des écoles.

Cependant, les périls de la France envahie, la prise de Longwy et de Verdun surexcitaient et irritaient le patriotisme jusqu'au délire. Des misérables toujours prêts à spéculer sur les effarements de l'opinion, des gens au cerveau détraqué par trois ans de commotions successives parlèrent de répondre aux menaces de l'étranger en immolant les ennemis du dedans. Ils se portèrent vers les prisons et, sous prétexte de frapper les complices de Pitt et de Cobourg, ils massacrèrent jusqu'à des détenus de droit commun condamnés pour vol ou assassinat, des filles publiques, des galériens. Certes, les massacres de septembre ont été exagérés. De nombreux prisonniers, même parmi les plus compromis, comme, par exemple, Mme de Tourzel, gouvernante des enfants de France, confidente de Marie-Antoinette, furent épargnés, acquittés par les tribunaux improvisés, ou sauvés par Danton et ses amis. Théroigne de Méricourt, suivant une tradition orale, aurait pris part aux massacres et tué de sa main, à l'Abbaye, son premier ravisseur, le baron allemand anonyme. Cette tradition ne repose sur aucun témoignage, même suspect ; elle est fausse comme la plupart de celles qu'on a recueillies sur ces événements déplorables : le verre de sang de Mlle de Sombreuil, ou le pseudo-sacrifice de Loizerolles père pour son fils, légendes mensongères, surabondamment réfutées par notre regretté Louis Combes dans ses *Épisodes et curiosités révolutionnaires.* Lamartine, fidèle à son système d'historien romantique, raconte aussi, d'après Descuret, médecin de la Salpêtrière (*la Médecine des passions*), que Théroigne massacra à l'Abbaye son amant infidèle des bords du Rhin. Il renchérit même sur cette allégation en lui imputant, sans aucune preuve et par pur dilettantisme, l'initiative du supplice épouvantable infligé par les bourreaux à la « belle bouquetière » du Palais-Royal, Madeleine Gredeler, condamnée à mort pour avoir mutilé son amant, le soldat aux gardes françaises Pringot, et détenue à la Conciergerie en attendant l'issue d'un pourvoi en cassation [1].

La vérité est que Théroigne ne parut nulle part pendant les journées de septembre. Elle eut ces massacres en horreur. Ils la rapprochèrent encore des modérés, des Girondins, et elle devint résolument « brissotine », comme disaient ses ennemis. On l'accusa même de pactiser avec la faction d'Orléans. Elle menait toujours le même genre de vie, recevant beaucoup dans son nouvel appartement au numéro 273 de la rue Saint-Honoré, près des Jacobins [2], réduite aux expédients. Un curieux billet de notre collection d'autographes, adressé

1. *Histoire des Girondins,* t. III, p. 115.

2. M. J. Demarteau reproduit un billet, écrit de cette adresse par Théroigne, le 28 janvier 1793, à M. de Lim-

le 9 novembre 1792 à Perregaux, rue Mirabeau, numéro 9, indique bien cet état de finance lamentable : « Citoyen, dit-elle, je vous prie de donner les cent livres que vous m'avez promises hier à la femme qui vous remettra cette lettre. Je suis avec estime. — Théroigne. » Et il y a urgence, car le billet est adressé « au citoyen Perregaux ou à ses commis ». Cependant les Girondins, tout puissants après le 10 août, perdaient vite du terrain, à cause de leurs aspirations fédéralistes, de leurs attaques violentes et ridicules contre Paris. L'affectation qu'ils mirent à demander une garde départementale, sorte de maison militaire fournie par les départements et destinée à protéger la Convention contre les Parisiens, excita au plus haut point les esprits.

Dès le 16 avril, le lendemain du jour où l'Assemblée, « s'entamant », malgré les objurgations prophétiques de Danton, autorisait les poursuites contre Marat (qui devait bientôt être acquitté triomphalement), une députation des sections, conduite par Pache, maire de Paris, demanda à la Convention l'expulsion de vingt-deux

bourg, intermédiaire du baron de Sélys; ce billet traite d'un règlement à intervenir au sujet des bijoux retirés du Mont-de-Piété.

citoyen je vous prie de donner les [illegible]
livres. que vous maver promis hier a la
famme. qui vous remettra cette lettre.
je suis avec estime
Theroigne

Du 9 x 9bre

des principaux Girondins. Pendant la fin d'avril et le commencement de ce mois de mai 1793 qui devait voir succomber la Gironde, l'animation fut extrême dans Paris, surtout autour de la salle des séances. Les femmes de la Halle, répandues sur la terrasse des Feuillants, devant le café Hottot et dans le jardin des Tuileries, excitées par des meneurs, s'arrogeaient le droit de visiter les cocardes, d'arrêter les gens qui leur paraissaient suspects, empêchant les gens proprement vêtus d'entrer dans les tribunes publiques de la Convention.

Des scènes de violence avaient lieu chaque jour. Le rédacteur des *Révolutions de Paris*, peu suspect de modérantisme, disait (n° 201) en les enregistrant : « Les magistrats ne sauraient réprimer trop tôt de tels excès. C'est ainsi que des guerres civiles ont commencé. »

Théroigne avait trop l'habitude des orages de la rue pour se ménager et pour cacher sa manière de voir. Son courage viril ne lui permettait pas d'abandonner ses amis ; elle avait assez souvent payé de sa personne depuis le début de la Révolution pour ne pas craindre de se compromettre. Elle se trouvait, le mercredi 15 mai, à la porte de la Convention. Un rapport inédit, adressé le 16 au bureau de surveillance de la police de Paris[1], constate que les femmes de la Halle avaient placé un détachement d'entre elles aux portes des premières tribunes, dès neuf heures du matin, pour interdire l'entrée aux femmes munies de billets donnés par les députés. Le rapport établit qu'elles mettaient à remplir leur mission la plus intolérable insolence, et il constate « qu'il est vraisemblable qu'elles sont payées par quelqu'un pour occasionner du désordre, car elles paraissent peu fortunées et nullement en état de passer la journée entière sans rien gagner ». Théroigne se présentant à dix heures pour entrer à la séance fut invectivée par ces mégères. Mais la belle Liégeoise n'était pas de celles qu'on intimide aisément.

Elle essaya d'abord de reprendre son ascendant sur ces femmes qui, sans doute, avaient fait avec elle, trois ans et demi auparavant, l'expédition de Versailles. Mais, entourée d'un cercle de furieuses, elle les menaça de leur faire mordre la poussière tôt ou tard.

Les tricoteuses, l'appelant « brissotine », la saisirent à bras-le-corps, et, tandis qu'une d'elles

1. *Archives nationales*, AF. 46.

lui relevait ses vêtements, les autres la fouettèrent à nu[1].

Cette fustigation sommaire et indécente était dans les habitudes du temps. Les commères de la rue l'avaient souvent infligée aux femmes aristocrates ou aux religieuses restées fidèles à leur costume professionnel. On n'a qu'à voir de nombreuses gravures de l'époque, notamment celles qui illustrent les numéros 74 et 99 des *Révolutions de France et de Brabant*. Quant au cas de Théroigne, Restif de la Bretonne, dans son *Année des dames nationales* (page 3807), racontant la scène de la terrasse des Feuillants, dit que la belle Liégeoise fut « fessée à Saint-Eustache par les femmes de la Halle à qui elle voulait imposer la cocarde tricolore ». Il est difficile d'entasser plus d'inexactitudes en trois lignes.

Théroigne subit ce supplice en hurlant de colère, au milieu des éclats de rire d'une foule sans pitié. Son fier orgueil, si masculin malgré ses dehors de femme élégante, reçut une cruelle atteinte de ce traitement barbare. L'héroïne sans peur, qui n'avait jamais pâli au sifflement des balles du 14 juil-

1. Rapport inédit des Archives, déjà cité. *Révolution de Paris,* nº 201.

let et du 10 août, fouettée comme une enfant, en plein soleil, en présence de ce peuple à l'affranchissement duquel elle avait consacré sa vie, ressentit au cerveau un contre-coup dont elle ne se releva jamais. Pourtant, en dépit d'une tradition généralement acceptée, Théroigne ne devint pas folle immédiatement après la scène du 15 mai. Elle se retira de la vie publique, cherchant la solitude pour y cacher son humiliation. M. Demarteau, dans la brochure que nous avons citée plus haut, reproduit un reçu donné par elle au baron de Sélys pour le règlement de l'affaire de ses diamants, à la date du 9 juillet 1793. Mais Théroigne ne reparut plus dans la rue, pas même à la fête de la Réunion du 10 août, décrétée par la Convention les 11 et 20 juillet 1793, où les héroïnes des 5 et 6 octobre, assises sur des canons, figurèrent sous l'arc de triomphe du boulevard des Italiens.

Vers cette époque, le cerveau de la belle Liégeoise céda définitivement sous l'afflux de sang que lui renvoyait un cœur ulcéré. Des amis la placèrent dans une maison de santé du faubourg Saint-Marceau. A ses moments lucides, elle essayait de gagner une fenêtre donnant sur la rue, pour appeler les passants à son secours et réclamer sa mise en liberté. Un voisin à qui elle put ainsi parler vint plaider sa cause auprès du Comité de sûreté générale, mais on n'eut pas de peine à le fixer sur l'état mental de sa protégée [1]. Théroigne, sans se décourager, prit le parti d'écrire à tous les personnages en vue, sans distinction d'opinion, pour réclamer leur secours, pour leur prêcher l'union entre les républicains, son idée fixe, idée généreuse qui avait surnagé dans le naufrage de sa raison. C'est ainsi qu'oubliant ses anciennes préventions contre les robespierristes, elle adressa à Saint-Just une série de lettres dont la dernière, écrite le 8 thermidor, la veille de la chute de Robespierre, fut retrouvée, encore cachetée dans les papiers du jeune conventionnel, et transmise, le 16, au Comité de sûreté générale, par le comité révolutionnaire de la section Lepelletier [2]. « Je suis toujours en arrestation, dit Théroigne. J'ai perdu un temps précieux. Envoyez-moi deux cents livres et venez me voir... Pourrai-je me faire accompagner chez vous? J'ai mille choses à vous dire. *Il faut établir l'union.*

1. *Rapport fait au nom des comités de Salut public et de Sûreté générale sur les événements du 9 thermidor an II,* par Courtois, p. 132.

2. *Id.,* p. 131.

Il faut que je puisse développer tous mes projets... J'ai de grandes choses à dire. Je n'ai ni papier, ni lumière, ni rien. Il m'est impossible de rien faire ici. Mon séjour m'y a instruit; mais si j'y restais plus longtemps sans rien faire, sans rien publier, j'avilirais les patriotes et la couronne civique. (La couronne que les fédérés marseillais lui avaient décernée après le 10 août.) Vous connaissez mes principes. J'espère que les patriotes ne me laisseront pas victime de l'intrigue. »

L'appel ne pouvait pas être entendu. Saint-Just avait déjà gravi la plate-forme de l'échafaud quand on apporta chez lui cette lettre, où, à côté de symptômes trop clairs de la manie de la persécution, éclataient les dernières lueurs d'une intelligence d'élite, le dernier cri d'une âme si profondément dévouée à la cause révolutionnaire.

VII

L'Hôtel-Dieu. — Les Petites-Maisons. — La Salpêtrière. Esquirol. — Mort de Théroigne (1817).

Bientôt Théroigne passa de la maison de santé du faubourg Saint-Marceau à l'Hôtel-Dieu, où Pierre Villiers la visita en 1797[1]. Elle était toujours en proie à une violente exaltation, parlant sans cesse de République, de nivellement, de liberté. Les documents relatifs à la dernière période de la vie de la belle Liégeoise sont rares. M. Alfred Maury, avec son habituelle obligeance, a ordonné pour nous aux Archives nationales des recherches restées sans résultat. Les archives de

1. *Souvenirs d'un déporté*, et papiers inédits de Pierre Villiers, communiqués par M. Georges Escande, député de la Dordogne.

l'Assistance publique ne sont pas beaucoup plus riches; elles ont été brûlées en grande partie lors des incendies de la Commune. Leur savant directeur, M. Brièle, ancien archiviste du Haut-Rhin, n'a pu nous fournir que quelques notes, parmi lesquelles un extrait du registre d'entrée de la Salpêtrière portant qu'Anne-Josèphe Théroine *(sic)*, âgée de quarante ans (elle n'en avait en réalité que trente-sept), native de Méricourt, département de l'Ourthe, fut enfermée aux loges de cet établissement, quartier des agitées, le 18 frimaire an VIII (8 décembre 1799). Après un mois de séjour aux Loges, Théroigne, que son état de démence furieuse avait dû faire évacuer de l'Hôtel-Dieu, est portée au registre comme sortie *par bureau,* c'est-à-dire par décision de la commission des hospices, le 21 nivôse an VIII (11 janvier 1800). On l'envoya aux Petites-Maisons, rue de Sèvres. Les archives des hôpitaux civils de Paris donnent le texte de cette décision administrative : « La commission, informée de la translation de la citoyenne Théroigne du Grand Hospice (Hôtel-Dieu) dans la Maison nationale de femmes (Salpêtrière), d'après la connaissance acquise de sa situation malheureuse dans cette dernière maison, et par des considérations parti-

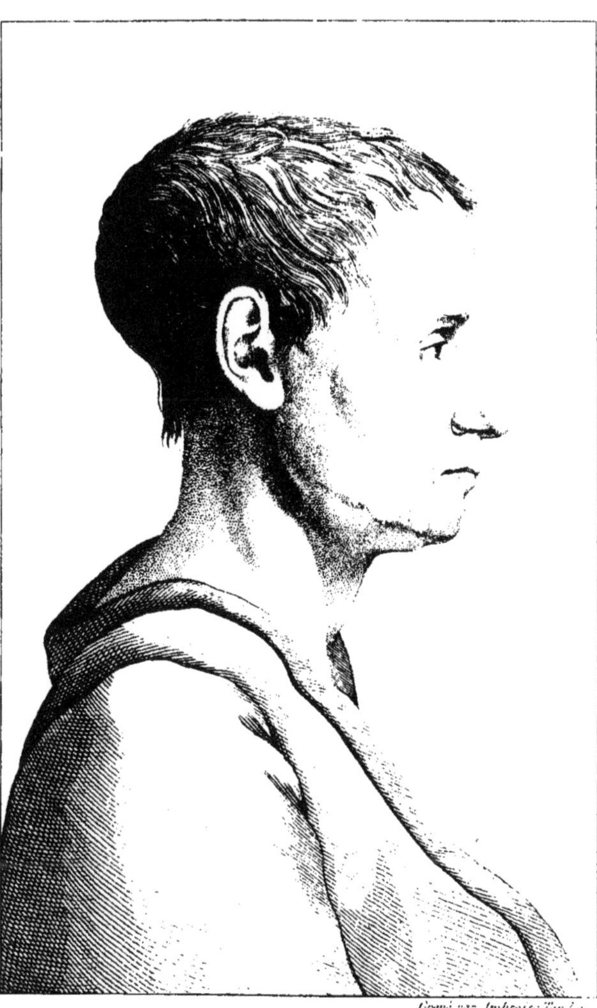

Gravé par Ambroise Tardieu.

culières (sans doute l'intervention de quelque ancien habitué des salons de l'hôtel de Grenoble), arrête que cette citoyenne sera transférée de la Maison nationale des femmes dans celle des Petites-Maisons, pour y occuper le premier lit vacant dans les infirmeries. » Théroigne passa sept ans à l'hospice de la rue de Sèvres. Lorsque l'administration fit évacuer les aliénés des Petites-Maisons, la pauvre recluse fut renvoyée à la Salpêtrière, le 7 décembre 1807. Elle avait quarante-cinq ans.

On la plaça dans le service du célèbre aliéniste Esquirol, qui s'intéressa à elle par curiosité et la soigna avec dévouement. Il a laissé dans le chapitre de son grand ouvrage *les Maladies mentales* [1], consacré à la lypémanie ou mélancolie, une étude détaillée sur Théroigne, étude rédigée en 1820. Esquirol raconte qu'à son arrivée à la Salpêtrière la malade était très agitée, injuriant et menaçant tous ceux qui l'approchaient, ne parlant que de liberté, de Comité de salut public, accusant les médecins, les infirmiers d'être des modérés et des royalistes. Elle prétendait être occupée de choses très importantes, tantôt sou-

1. T. I, p. 445 et suivantes.

riant aux personnes qui l'abordaient; quelquefois elle répondait brusquement : *Je ne vous connais pas,* et se cachait sous sa couverture. Elle disait souvent : *Je ne sais, j'ai oublié,* s'impatientant quand on insistait, parlant alors toute seule, à voix basse, articulant des phrases entrecoupées des mots *fortune, liberté, comité, révolution, coquins, décret, arrêté,* etc. Le poète belge Adolphe Mathieu, dont nous avons cité quelques vers à propos des journées d'octobre, représente Théroigne dans son cabanon prise, comme la Pythie antique, d'un accès de fureur mystérieuse et évoquant les principales journées auxquelles elle avait pris part : le 14 juillet, le 6 octobre, la Fédération et le 10 août, dont les scènes tumultueuses hantaient son cerveau vide.

Vers 1808, elle eut une période de demi-lucidité, et reconnaissant parmi les visiteurs de la Salpêtrière un personnage officiel qui avait joué un rôle dans la Révolution, elle l'accabla d'injures, lui reprochant d'avoir trahi la cause du peuple. Ce personnage resté inconnu pourrait bien être l'ancien constituant Regnaud de Saint-Jean d'Angély, alors fort en faveur auprès de Napoléon, qui avait sans doute connu Théroigne au temps du club des *Amis de la loi;* nous devons à l'obligeance de M. Albin Body, archiviste de Spa, et de M. Alexandre, conservateur des archives de la province de Liège, communication de quelques pièces inédites qui nous montrent les recherches faites par Regnaud pour améliorer le sort de la pauvre malade. Le 21 mars 1808, Regnaud adressait au préfet du département de l'Ourthe la lettre suivante :

« Monsieur, je vous prie de vouloir bien vous faire informer à Méricourt, situé près de Liège, de la famille de Mlle Théroigne.

« Elle a de la fortune et ses parens la laissent à l'hôpital sans ressource et dans l'état le plus déplorable.

« Je vous prie de faire prendre sur les biens que possédoit et que possède Mlle Théroigne les plus prompts et les plus précis renseignemens que vous pourrez.

« On croit que cette malheureuse a été dépouillée. »

Le préfet de l'Ourthe demanda immédiatement (26 mars 1808) des renseignements à son subordonné, le sous-préfet d'Huy ; mais il faut supposer que ce fonctionnaire ne mettait pas une hâte excessive à hâter la solution des affaires qu'on lui confiait, car le 20 mars 1809, c'est-à-dire juste au bout d'un an, le préfet de Liège était obligé d'adresser à la sous-préfecture une lettre de rappel. Ce n'est que le 18 mai 1809 que le préfet de l'Ourthe, Micoud d'Umans, put transmettre à Regnaud de Saint-Jean d'Angély, pour tous renseignements, la lettre suivante, écrite au sous-préfet d'Huy par le sieur N. Biron, maire de Filat, en date du 28 avril 1809 :

« A la réception de la lettre que vous m'avez fais l'honneur de m'ecrire sous la date du 19 de ce mois, je me suis empressé, monsieur le sous-préfet, de prendre tous les renseignements possibles sur le prétendu hameau de mericourt où la famille de la demoiselle teroigne doit avoir sa résidence. il n'existe aucun hameau de ce nom dependant de la commune de xhoris, ni même de canton de Ferrieres; mais cherchant à approfondir l'objet de votre demande, j'ai recueilli quelque détail sur une demoiselle qui paroit s'etre donné ce nom et qui doit etre native de marcourt departement de sambre et meuse.

« Dans le principe de la révolution est arrivée à xhoris une aventuriere sous l'habit d'amazône et sous le nom de teroigne de mericourt visitant disoit-on pour lors quelques uns de ses parents en cette dernière commune et qui s'appellent terwagne.

« Cette demoiselle a passé quelques mois en ce pays, et il me paroît l'avoir vu moi-même tantôt sous l'habit masculin cajollant les coquettes des environs, et tantôt sous celui de son sexe et sous la droite de quelque freluquet. elle a tout à coup disparu, et on l'a dit retournée à paris d'où elle paroissoit être sortie. Son nom de famille doit être terwagne, et doit être née à marcourt ainsi que viens d'avoir l'honneur de vous le dire, mais éloigné de ce hameau, il me devient impossible de vous donner tous les renseignements que vous paroissez desirer. elle peut avoir quelques parents éloignés à Xhoris qui menent une vie très reguliere et sont d'une fortune mediocre. »

Pendant le long intervalle écoulé entre la demande de renseignements et la réponse, Regnaud de Saint-Jean d'Angély était devenu ministre d'État. Il aurait pu facilement user de son autorité pour améliorer la situation de la pauvre recluse; mais probablement le ministre avait oublié la malheureuse à qui un simple incident comme une visite à la Salpêtrière lui avait fait porter un intérêt passager. La correspondance des administrateurs de l'Ourthe fut jetée au panier.

En 1810, Théroigne devint plus calme et tomba dans un état complet de démence. Elle ne pouvait supporter aucun vêtement, pas même le plus léger. Tous les jours elle inondait d'eau la paille de son lit. Absolument insensible au froid, elle cassait la glace en hiver pour continuer ses ablutions, refusant de mettre une robe de chambre en laine qu'on lui avait donnée, et paraissant d'ailleurs se trouver très bien dans sa cellule humide, obscure, sans meubles, d'où elle ne sortait que rarement pour prendre l'air, nue ou en chemise, marchant à quatre pattes, ramassant et portant à sa bouche toutes les bribes qu'elle trouvait sur le pavé. « Je l'ai vue, dit Esquirol, prendre et dévorer de la paille, de la plume, des feuilles desséchées, des morceaux de viande traînés dans la boue. Elle boit l'eau des ruisseaux pendant qu'on nettoie les cours, quoique cette eau soit salie et chargée d'ordures, préférant cette boisson à toute autre. »

Théroigne ne fut jamais hystérique, bien que tout sentiment de pudeur semblât éteint en elle, ainsi que le prouvent de nombreux témoignages. Inconsciente, ayant seulement par éclats, dans sa mélancolie lypémaniaque, des retours confus sur le passé, des obsessions d'idées et de mots d'un autre âge, malgré son régime effroyable de l'eau glacée continué dix ans en toute saison, Théroigne jouit toujours à la Salpêtrière d'une santé excellente, conservant malgré son âge tous les signes physiologiques de la jeunesse. Esquirol nous la montre telle qu'il la vit, telle qu'on a peine à la reconnaître dans son portrait de 1816[1], avec ses cheveux châtains, de grands yeux bleus, sa physionomie mobile, sa démarche vive et dégagée, encore élégante. A la fin d'avril 1817, la pauvre folle fut prise d'une éruption cutanée qu'elle arrêta en continuant ses ablutions. L'éruption disparut, mais pour se transformer en fièvre violente, et Théroigne, épuisée, frissonnante, incapable de supporter aucune nourriture, dut se laisser porter à l'infirmerie, le 1er mai. Esquirol lui prodigua ses soins pendant quarante jours, constatant sa maigreur, la pâleur extrême de sa face, la fixité de ses yeux ternes, l'enflure des extrémités. Elle expira sans avoir recouvré un seul instant la raison, à l'âge de cinquante-cinq ans, le 9 juin 1817, dit Esquirol, le 8, d'après le registre

1. Planche IV des *Maladies mentales*. Nous donnons en tête de ce chapitre une reproduction de ce portrait.

de décès de la Salpêtrière, qui indique comme cause de la mort une péripneumonie chronique.

Le 10 juin, l'autopsie fut faite devant Esquirol par son élève Descuret, qui, dans son livre *la Médecine des passions*, si curieux par ses préoccupations catholiques, reproduit les notes de son maître, notes rééditées aussi par Marc, médecin du roi, dans un article sur Théroigne publié dans le *Constitutionnel* du 20 mai 1838. Les détails purement anatomiques de l'ouverture du corps seraient ici déplacés et sans intérêt[1].

Ainsi s'éteignit, après vingt-quatre années de souffrances physiques et morales pires que la mort, la femme étrange dont nous avons essayé de faire revivre l'image. Une cruelle expiation où l'on croit retrouver la main de cette fatalité impitoyable qui s'appesantit jadis sur certaines races tragiques, a lavé les taches et les fautes d'une vie presque tout entière consacrée au culte de la liberté, de l'égalité et de la justice.

Nous croyons avoir donné, en nous appuyant sur les témoignages du temps et sur les souvenirs des contemporains, une idée assez exacte de cette jeune femme séduisante entre toutes, dont

1. Esquirol : *les Maladies mentales*, t. I, p. 450-451.

ses ennemis ont voulu faire une courtisane vulgaire, et qu'épura le feu des passions les plus nobles. Celle autour de qui se groupèrent les personnages les plus éminents et les plus austères de notre grande époque révolutionnaire avait été d'abord jetée par les circonstances dans une vie aventureuse. Elle racheta ses écarts par les qualités de son esprit et de son cœur. Nous l'avons vue remplir auprès de ses frères abandonnés le rôle d'une seconde mère. Sans vouloir fermer les yeux sur les fautes de sa vie, on peut bien dire qu'au point de vue moral elle ne fut pas inférieure à beaucoup de femmes illustres du XVIIIe siècle qui n'eurent pas les mêmes excuses et pour qui la postérité a été plus indulgente. Théroigne eut le mérite, elle, l'héroïne échevelée des journées d'octobre, elle qui avait fait le coup de feu à la Bastille et aux Tuileries, de ne pas s'abandonner aux exagérations et de se ranger plutôt du côté des modérés dans cette Révolution pour laquelle elle avait risqué vingt fois sa liberté et sa vie. C'est la marque des âmes fortes.

La belle Liégeoise évita l'échafaud sur lequel périrent la plupart des hôtes de son salon politique. Une expiation plus dure lui était réservée. Elle souffrit mille morts pendant un quart de siècle, tombée plus bas que la bête. Michelet priait les Liégeois de réhabiliter leur héroïne : « Royalistes et robespierristes, disait-il, encore aujourd'hui s'accordent à merveille, après l'avoir avilie vivante, pour avilir sa mémoire[1]. » L'histoire impartiale doit être clémente pour cette malheureuse femme, l'amie des Pétion et des Romme, en qui sembla s'incarner à un moment l'âme de la Révolution et qui apparut à nos pères comme l'image même de la liberté.

1. *Histoire de la Révolution*, t. III, p. 297.

TABLE

Achevé d'imprimer

PAR

LE VINGT ET UN MAI

MIL HUIT CENT QUATRE-VINGT-SIX

www.ingramcontent.com/pod-product-compliance
Ingram Content Group UK Ltd.
Pitfield, Milton Keynes, MK11 3LW, UK
UKHW021156260726
13994UKWH00001B/492

9 782329 456515